橘颂

致张枣

柏桦 著

江苏凤凰文艺出版社

图书在版编目（CIP）数据

橘颂：致张枣 / 柏桦著. —南京：江苏凤凰文艺出版社，2022.3（2022.9 重印）
ISBN 978-7-5594-5980-0

Ⅰ.①橘… Ⅱ.①柏… Ⅲ.①散文集－中国－当代 Ⅳ.①I267

中国版本图书馆 CIP 数据核字(2021)第 106596 号

橘颂：致张枣

柏　桦　著

出 版 人　张在健
责任编辑　孙楚楚　刘　锋
装帧设计　周伟伟
责任印制　刘　巍
出版发行　江苏凤凰文艺出版社
　　　　　南京市中央路 165 号，邮编：210009
网　　址　http://www.jswenyi.com
印　　刷　苏州市越洋印刷有限公司
开　　本　880 毫米×1230 毫米　1/32
印　　张　9.75
字　　数　200 千字
版　　次　2022 年 3 月第 1 版
印　　次　2022 年 9 月第 2 次印刷
书　　号　ISBN 978-7-5594-5980-0
定　　价　58.00 元

江苏凤凰文艺版图书凡印刷、装订错误，可向出版社调换，联系电话 025-83280257

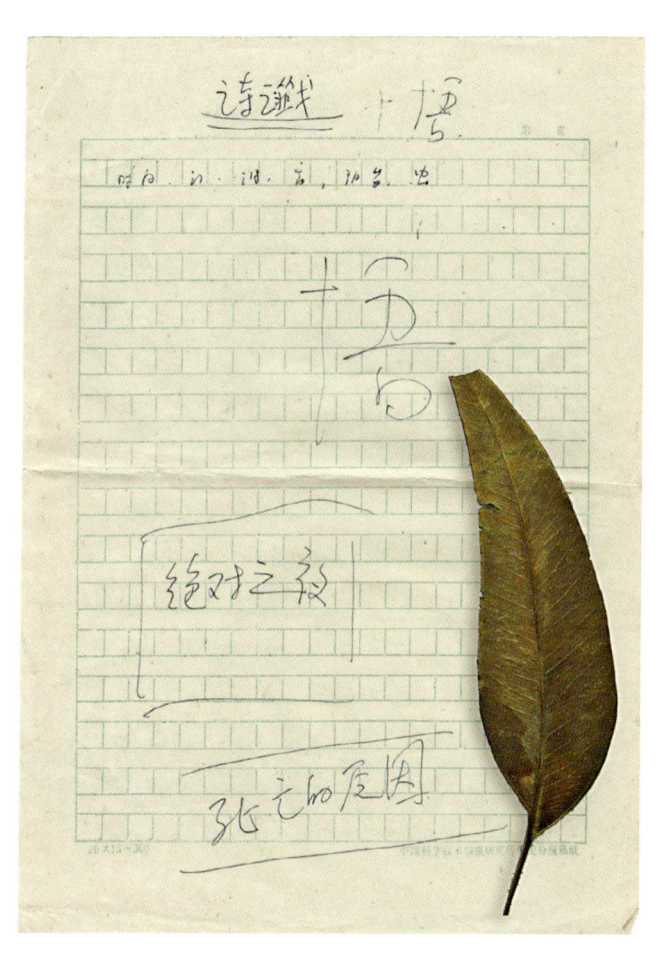

1984年4月的一天，张枣和柏桦在西南师范大学柏桦的陋室里第一次彻夜谈，张枣在纸上写下如许神秘的文字。图上的这片树叶是张枣同年11月某天深夜和柏桦在歌乐山（张枣读研究生的四川外语学院附近）散步交谈时，从地上拾起的两片落叶之一，张枣说要柏桦保留一片，他保留另一片，并以此作为二人永恒友谊的见证

1984年4月，张枣在周忠陵处油印的第一部诗集《四月诗选》中的一页

1984年4月，张枣在周忠陵处油印的第一部诗集《四月诗选》中的一页

春天

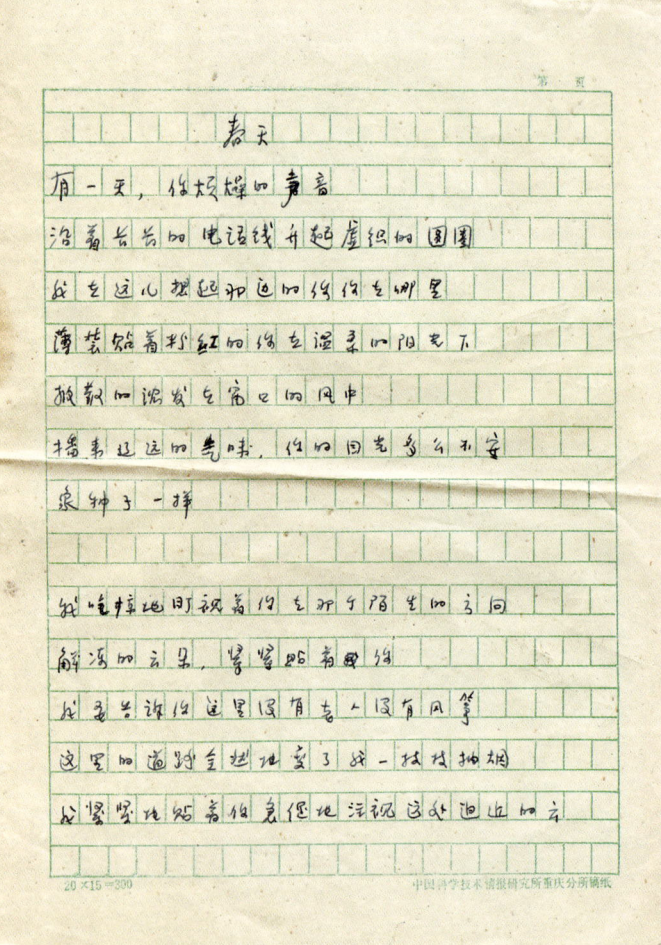

有一天，你拨接的声音
沿着苍苍的电话线升起虚织的圈圈
我在这儿拨起死亡的你你在哪里
薄荷馅着粉红的你在逗亲的阳光下
披散的说发在自己的风中
擂来远远的气味，你的目光多么不安
像种子一样

我慌慌地眺着你去那个陌生的方向
解冻的云朵，紧紧贴着田畴
我多告诉你这里没有春人没有同伴
这里的道对全扭地变了我一枝枝抽烟
我紧紧地贴着你急促地注视这外远远的云

张枣诗歌手稿（上）

你说这是最初，也是最后。每天
还是有一千片叶子漂浮在空气里
你拼命地捕捉又捉不到你自己
伸开距你如此近的我回忆里的行迹
你离我走远一步再回返一步，轻轻地
轻轻地贴着我你的微胖的白香皂的脸。

张枣诗歌手稿（下）

1986年，翟永明（左）、欧阳江河（中）、张枣（右二）在成都

1986年初秋，张枣在德国，此照片背面写有一句话——"另一个骑手……柏桦惠存"

1987年冬，柏桦与张枣（右）在孙文波（左）成都家中

1987年冬，张枣首次回国，与部分圈内朋友合影。后排左起：杨伟、郑单衣、邱海明、刘波、李伟；前排左起：傅维、平凡、张枣、柏桦

1997年11月，柏桦和张枣（中）、张奇开（右）在图宾根的森林边上

1997年11月中旬，柏桦和张枣（左）及张枣的大儿子张灯在德国图宾根张枣家附近，后面那座锥体的小楼是荷尔德林的故居

1999年冬，柏桦与张枣（右）在大连麦城公司的办公室

张枣和德国诗歌翻译家芮虎（左）、诗人欧阳江河（中）

张枣和北岛在德国

1986 年,张枣刚抵德国不久

张枣大儿子张灯与小儿子张采

张枣和夫人李凡及大儿子张灯

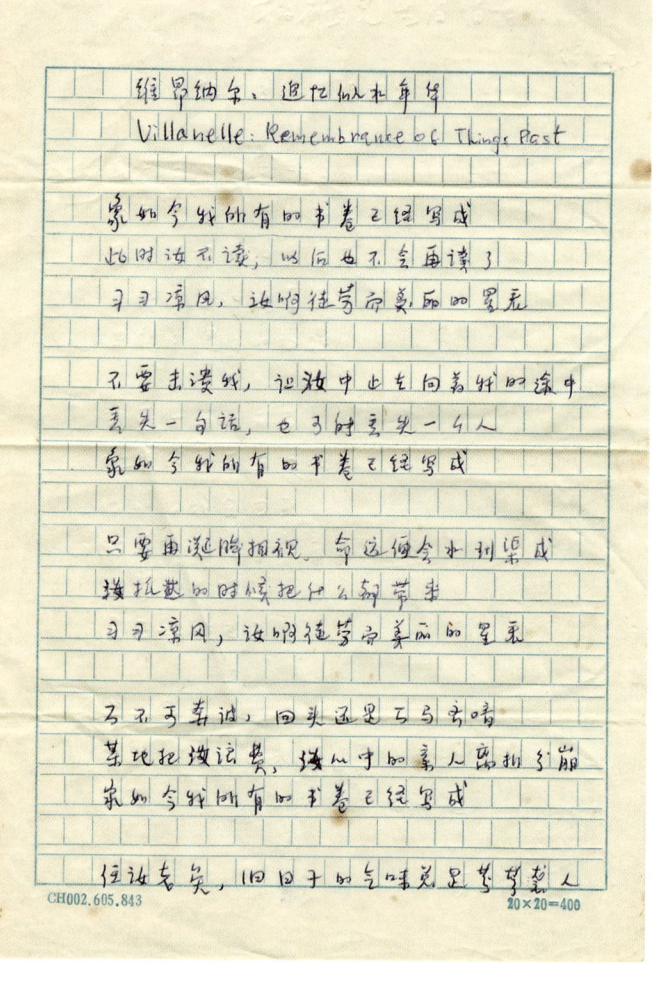

维昂纳尔：追忆似水年华
Villanelle: Remembrance of Things Past

象如今我所有的书己经写成
此时没读，以后也不会再读了
习习凉风，改娴徒劳弃掷的罂粟

不要去读它，让你中此生向着我的途中
丢失一句话，也丢时丢失一个人
象如今我所有的书己经写成

只要再颠踬拥视，命运总会水到渠成
摊玩散的时候抱什么都等于
习习凉风，改娴徒劳弃掷的罂粟

弓不弓奉诚，回头还是弓弓去嚎
某处把没话裹，旅从中的亲人陆拙弓崩
象如今我所有的书己经写成

任谁去矣，旧日子的气味总是夸夸亵人

张枣诗歌《维昂纳尔：追忆似水年华》手稿（上）

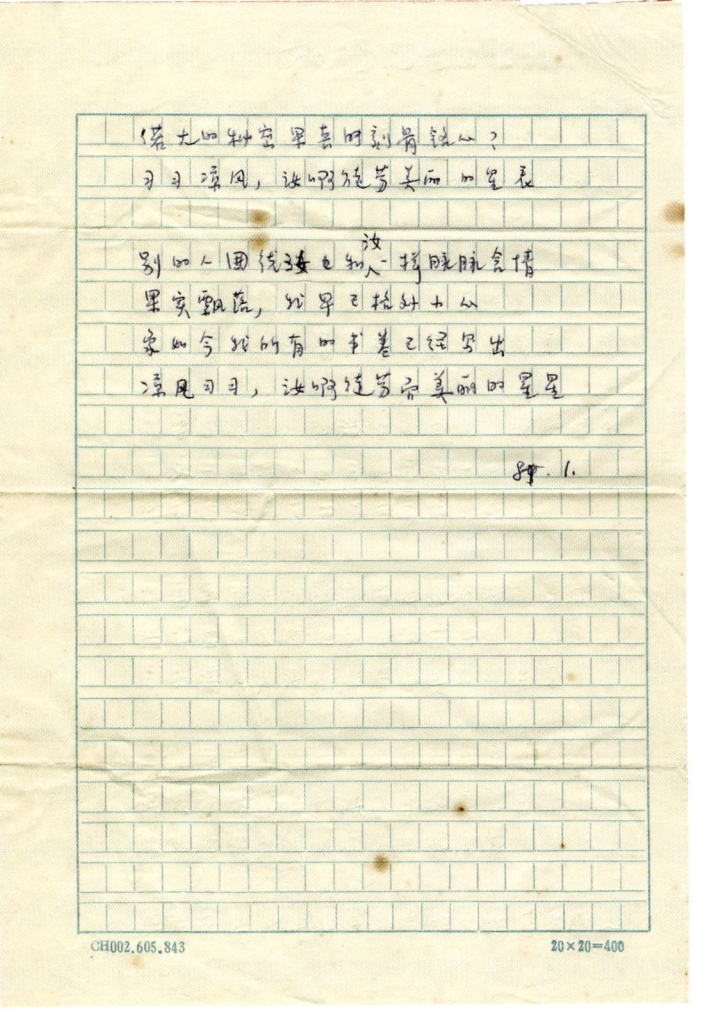

偌大的秘密果真时刻骨铭心？
习习凉风，泄露着等美丽的星表

别的人围绕着它和人一样眯眼贪情
果实飘荡，我早已招进十人
更如今我的有叫书着已经写出
凉风习习，泄露着骨美丽的星星

邓.1.

张枣诗歌《维昂纳尔：追忆似水年华》手稿（下）

张枣写给柏桦的信

· 14 ·

镜中

只要想起一生中后悔的事
梅花便落了下来
比如看见冰冻到河的另一岸
比如看见~~一~~骑马穿过~~这~~树林

危险的事固然美丽，不如
~~骑马到~~~~~~~~
高烈，低下头，回答着皇帝
看她骑马归来
一面镜子甘永远等候她
让她坐到镜中常坐的地方
望着窗外，只要想起一生中后悔的事
梅花便落满了南山

张枣写于1984年秋的名诗《镜中》的原始手稿

张枣 1984 年赠予柏桦的一首诗

柏桦兄生日留存。
张枣 85.1.21

故园（十四行诗）

春天在周遭耳语
向着第一个断桥般的含义
有人正披着蓑衣，冒雨前进
也许那是池塘春草
典故中偶尔的动静

新燕才啭一两声
枯萎的东西真象你
好似为我会回来
(诗境解冻)，穿着白衬衣
我梦见你报达
马匹嘶鸣不已

或许要洒扫一下台阶
皆向时你果如礼谚（象以前约定过）
阳光一穿出，我俩便一齐沐浴

85.1.21

张枣 1985 年 1 月 21 日（柏桦生日当天）赠予柏桦的一首诗

1988年，张枣和柏桦（左一）、钟鸣（右二）、欧阳江河（右一）在成都

张枣在德国

橘颂——致张枣

后皇嘉树,橘徕服兮。
受命不迁,生南国兮。
深固难徙,更壹志兮。
绿叶素荣,纷其可喜兮。
……

——屈原:《橘颂》

目录

辑一　诗人张枣

003 — 迎着柔光走去
011 — 在川外、在西师
024 — 镜中的诗艺
041 — "我总是凝望云天"

辑二　涓涓细流忆张枣

061 — 随笔
100 — 诗摘
143 — 死论

辑三　给张枣的诗

153 — 忆江南

157 — 忆重庆

160 — 忆故人

162 — 在破山寺禅院

165 — 你和我

168 — 再忆重庆

170 — 在花园里

173 — 张枣在图宾根

175 — 香气

177 — 夜半，想到张枣

178 — 问余姚

179 — 一个片段，从长沙到重庆

181 — 叶芝和张枣

184 — 张枣从德国威茨堡来信

186 — 边抄边写

188 — 想念一位诗人

190 — 在北碚凉亭

192 — 一封来自1983年的情书

194 — 边抄边写（二）

196 — 月之花

199 — 钓云朵的人

201 — 四月日记

203 — 树下

206 — 长沙

209 — 请不要随意地说

211 — 春天之忆

213 — 橘子

215 — 过桥

217 — 重庆，后来……

219 — 镜中少年

223 — 他们的一生

226 — 年轻时

230 — 五月

232 — 懒想

235 — 信

239 — 镜子诗

241 — 你和我（二）

244 — 读书笔记两则之二

245 — 冷

247 — 日记一则

248 — 三画眉

250 — 一下

253 — 论诗人

255 — 致一位正午诗人

257 — 你，还是人人

259 — 1984 年春夜的故事

261 — 致德国

263 — 名字

265 — 信

267 — 生活与邮局

271 — 少年张枣

附录　张枣书信及佚诗

277 — 第一封信

280 — 第二封信

283 — 第三封信

285 — 第四封信

288 — 第五封信

290 — 第六封信

292 — 第七封信

294 — 第八封信

297 — 橘子的气味

后记

辑一 诗人张枣

呵,所有的仪表都同意

他死的那天是寒冷而又阴暗。

　　——[英] W. H. 奥登:《悼念叶芝》

　　　（查良铮译）

真是美妙,然后从神圣的睡梦中

复苏,从树林的清凉里

醒来,傍晚时分

迎着更柔和的光走去……

　　——[德] 荷尔德林:《莱茵河》

　　　（林克译）

迎着柔光走去

我将一遍又一遍牢记这一时间和地点：2010年3月8日凌晨4点39分（北京时间），诗人张枣在德国图宾根大学医院逝世，年仅四十七岁零三个月。

很快，消息开始了飞速的传递；3月9日下午我从诗人北岛打来的电话中得知张枣去世的消息。这是一个忙乱的下午：我的电脑因突发故障而正在抢修；电话铃声不停地响起；我的身子也在轻微地发抖，时断时续，直到夜半。是的，我知道他及德国都已尽力了，整整三个月（从肺癌发病到身亡），时间在一秒一秒地经过，然后一切就结束了。

在此，我先回溯一句：1997年秋天的一个下午，我曾与他及一位德国汉学家朋友白嘉琳（Karin Betz）一道漫步西柏林街头，他突然笑着用手指点街头的一个万宝路（Marlboro）的香烟广告牌对我说，那拍广告的牛仔不吸烟但死于肺癌。

接下来，我想到了二十七年以来与他交往的许多往事，不可能太连贯，枝蔓横斜，繁杂而多头……他是那样爱生活，爱它的甜（"甜"由张枣表述；再由其弟子颜炼军博士敏锐地提炼出来，作为他那篇——与张枣最后共同完成的——深入访谈的标题），也爱它抽象的性感；他在很年轻的时候，就比常人更敏感于死亡和时间，我记得1984年某个夏末初秋的深夜，在重庆歌乐山下，四川外语学院校园内，他轻拍着一株幼树的叶子，对我说："看，这一刻已经死了，我再拍，已是另一个时间。"诸行无常，"没有任何东西能够连续两个刹那保持不变。如同人不能两次踏入同一条河流。"（一行禅师：《活得安详：一行禅师佛学讲演录（下）》，中国国际广播出版社，1999年，第136页）

他说话、走路、书写都显得轻盈，即便他后来发胖亦如此，犹如卡尔维诺所说："真是一个身轻如燕的人。……这表明尽管他有体重却仍然具有轻逸的秘密。"（卡尔维诺：《论轻逸》）也如他自己所说：他那"……某种/悲天悯人的情怀，和变革之计/使他的步伐配制出世界的轻盈。"（见张枣《跟茨维塔伊娃①的对话（十四行组诗）》中的第十首）

他几乎从不谈论死之恐怖——除某两三个极端时刻，譬如在孤绝得令他欲疯的德国生活之某一刻（见后）——只赋

---

① 茨维塔伊娃通常译作茨维塔耶娃。

予死优雅的甜的装饰。这种我还在参悟的"甜",是他一生的关键词,既复杂又单纯。而他诗歌中的那些汉字之甜,更是我迄今也不敢触碰的,即便我对此有至深的体会——颓废之甜才是文学的瑰宝,因唯有它才如此绚丽精致地心疼光景与生命的消逝。今天,我已有了一种预感,"轻"与"甜"将是未来文学的方向,而张枣早就以其青春之"轻"走在了我们的前面好远了。有关张枣的"轻",我将在后文涉及。

张枣一贯是一个很寂寞的人(虽然他表面有一种夸张的笑容可掬,其实是为了更深地掩藏其寂寞),尤其在他生命最后的岁月里,他在北京或上海,干脆将其寂寞的身心完全彻底地投入到生活的甜里。那颓废之甜是烫的,美食也如花;他甚至对诗人傅维说,今夜我们比赛不眠。

我知道他深受失眠的折磨,因此长期靠夜半饮酒才能入睡。个中痛苦,尤其在他德国时期所写诗篇中最能见出,如《祖国丛书》(1992)、《护身符》(1992)等。

《祖国丛书》当是张枣的啼血之诗,在诗中,他宛若一只亡命的杜鹃,正拼尽全力从肺腑深处唱彻他至痛的怀乡之歌,顺势而来他也就唱出了一个夜半诗人借酒浇愁的骇人幻觉,其中尽是一些极端超现实的意象,如其中一句:"那还不是樱桃核,吐出后比死人更多挂一点肉。"这时,我们的诗人已大醉了,可去空中走,亦可去水上漂,当然更可以"奇语"联翩惊人。

《护身符》却是另一番正话反说，诗人用"不"，甚至一鼓作气用了多个"不"，来表达其用心是何等坚贞、委屈；刹那间，他似乎已铁了心要给予读者接二连三的当头棒喝，以惊醒他们注意那"护身符"的祥中之不祥以及幸中之不幸。同时，诗人所发出的咒语般的"不"字，也是一种"找截干净"（张岱：《柳敬亭说书》）、义无反顾的召唤，他不仅召唤他自己，也在召唤我们赶快尽力从反方向进入并认识那不可求的幸福之幻景，下面引来此诗最后四行：

"不"这个护身符，左右开弓
你躬身去解鞋带的死结
你掩耳盗铃。旷野——
不！不！不！

且看那"护身符"左不是，右也不是，正不是，反也不是，犹如鞋带的死结，你无论如何也是解不开的，你企图解开个中神秘的行为亦是徒劳的，简直又宛如"掩耳盗铃"。而"旷野"——梦和希望在哪里呀？我的耳边终于响起了诗人正话反说的呼声，那也是反乌托邦的吼声："不！不！不！"对于这种类型的诗，张枣有很强的自我警惕："我不满意我 1992

到1993年一段时期的作品,比如《护身符》《祖国丛书》等,我觉得它们写得不错,技术上没有什么可遗憾的,但太苦,太闷,无超越感,其实是对陌生化的拘泥和失控。但幸好它们不是我海外写作的主流。"(见黄灿然《未完的访谈:张枣说诗》)的确,这类诗不是张枣写作的主流,张枣写作的主流毫无疑问是汉语之甜。这种回味不尽的甘甜早从他的《镜中》就开始了。直到去国之前,他更是以一首《灯芯绒幸福的舞蹈》将汉语诗歌之甜表达到了极致。

然而,突然进入德国,这使张枣的生活出现了陡峭和跌宕:

住在德国,生活是枯燥的,尤其到了冬末,静雪覆路,室内映着虚白的光,人会萌生"红泥小火炉……能饮一杯无"(按:参见白居易《问刘十九》)① 的怀想。但就是没有对饮的那个人。……是的,在这个时代,连失眠都是枯燥的,因为没有令人心跳的愿景。为了防堵失眠,你就只好"补饮"。补饮过的人,都知道那是咋回事:跟人喝了一夜的酒,觉得没过瘾,觉得喝得不对头。于是,趁着夜深人静,再独自开饮。这时,内心一定很空惘,身子枯坐在一个角落里,只愿早点浸染上睡意,

---

① 本书中的按语均为柏桦所加。

了却这一天。(张枣：《枯坐》，《黄珂》，华夏出版社，2009年，第197—198页)

从以上所引张枣的文字，我们一眼就可见出张枣在德国日常生活之一斑，落寞、颓唐、夜夜无眠……至于"补饮"，我和他有过许多，在此仅举一例，2008年春，我与他共赴苏州同里的"三月三诗会"。是夜，宴席才罢，众人皆散，接踵而来的酒阑人静刚过了一小会儿，我独自去了他的房间，他立即又邀我外出，去一街边小店，炒了两个菜，其中一个是爆炒肚条（这种类型的菜是他至爱，而我却是从不吃的），买了四瓶或六瓶啤酒，"还得补喝一下。"他边说边与我走回他那昏暗的房间（那房间恍若他早年在重庆四川外语学院读研究生时那般昏暗），"补饮"开始了，但我们这最后一次说话——之后虽有几次可数的电话交谈，却再无机会见面——已没有了早年那种相互紧逼、分秒必争的说话狂热，说了什么我一句也想不起，只记得喝到麻痹后，我飘然回到自己房间倒头睡去，直至天明。

在我们无尽的谈话中，我还记得些什么呢？是的，他还对我说过，他很喜欢"盲流"一词，他说他最想去做一个盲流，此说特别令我震惊，因我从小内心就一直有一种盲流冲动，但这种"英雄相惜"的思想，即我内心也有的这个想法，却从未告诉过他。后来,我在《淡淡的幽默——回忆契诃夫》(上海译文出版社,1991年)中,读到了蒲宁回忆契诃夫的文章,其中他这样说到契诃夫最后的梦想:

> 他在最后的日子里常常幻想,甚至说出声来:
> "做一个流浪汉、漂泊者,去朝拜圣地,移居林中湖边的修道院里,夏天的晚上坐在修道院大门口的一张凳上……这样有多好啊!"

是的,据我所知,包括普通中国人极为崇拜的托尔斯泰(Lev Tolstoy),他的死,也是与其晚年毅然出走联系在一起的,流浪——远方——未知或对永生的渴盼,曾吸引了多少伟人和平凡的人走向流浪之路(后来"垮掉派"也走在了路上,还有大步流星走在流浪之路的莽汉派诗人),连伟大的周游列国的孔子从某种意义上说亦是一个伟大的盲流,更别说当代亡命日本的胡兰成了。是的,让我再重复一遍契诃夫的话吧:"这样有多好啊!"

那些曾经的流浪与漂泊,那些曾经的风与疯,那些空虚滚动的云……在长沙,在重庆,在德国,也在你最后的北京得以完成。而你如同那中了诗谶的俄底修斯,"甚至死也只是衔接了这场漂泊"。(见张枣《跟茨维塔伊娃的对话(十四行组诗)》

中的第九首）如今，一切都已过去；很快，图宾根明朗的森林将接纳你（但最终你回到的仍然是你的家乡长沙）：

……
来吧，这是你的火，环舞着你的心身
你知道火并不炽热，亦没有苗焰，只是
一扇清朗的门，我知道化成一缕清烟的你
正怜悯着我，永在假的黎明无限沉沦
　　——张枣：《与夜蛾谈牺牲》（1987.9.30—10.4）

请休憩吧，我永恒的友人；同时，也请携带上你那一生中最珍爱的汉字——甜（活与死之甜、至乐与至苦之甜），起飞吧！向东、向东，请你分分秒秒地向东呀！因为：

一个死者的文字
要在活人的肺腑间被润色。
　　——W. H. 奥登：《悼念叶芝》

在川外、在西师

在我动身去重庆北碚区西南农业大学教书前一周的一个阴雨天（1983年9月的一天），我专程到四川外语学院见我的朋友，也是我高中的同班同学，当时在日语系读研究生的武继平（他后来成了著名的日本文学专家、日本现代诗歌翻译家，现在日本福冈公立女子大学，为中国文学教授），他那时正在翻译我的诗歌《震颤》。他告诉我，黄瀛教授，他的导师，很赞赏我写的《震颤》，特别惊叹其中一句"明年冬夜用手枪杀死一只野兽"。我觉得很奇怪，一个八十多岁高龄的老人为什么会喜欢这样的诗、这样的句子。"黄老师年轻时在日本用日语写诗曾轰动日本诗坛。他是日本大诗人白原北秋、草野心平、川端康成的朋友，他整个人就是日本文坛的一员。"听完武继平的介绍，我才明白黄老师何以会喜欢"明年冬夜用手枪杀死一只野兽"。

有关黄瀛教授，在此多说几句。我后来与他接触很多，所以对他的情况也很关心,不久前读日本诗人宫泽贤治的年表,得到一个消息:1929年2月,宫泽贤治长期卧病在床期间,出生于重庆的诗人黄瀛,《铜锣》同人(《铜锣》为草野心平主持的诗歌同人杂志,宫泽贤治、黄瀛参加),曾前去看望过他。(见宫泽贤治《不畏风雨》,吴菲译,新星出版社,2018年,第256页)

仍然在武继平的介绍下,在这天中午我第一次见到了张枣,这位刚从长沙考来四川外语学院的英语系研究生。他从他零乱的枕边或他那著名的"布衾多年冷似铁"(杜甫:《茅屋为秋风所破歌》)的被窝里,掏出几页诗稿念给我听,那是诗人们习惯性的见面礼,听着听着我心里吃了一惊:这人怎么写得与我有些相像?

我现在已无法记得他当时对我念的是些什么诗了,好像是有关娟娟(彭慧娟)的一首诗《四个四季·春歌》,即献给他曾在长沙湖南师范大学外语系英文专业读书时的女朋友的一首诗,此诗一开篇就以一个很强烈的戏剧化情节抓住了我:"有一天,你烦躁的声音/沿长长的电话线升起虚织的圆圈",里面提到一个意象——电话线以及电话线的圆圈,使我感到十分惊异,我心想他这么年轻(当时还不到二十一岁),却这么大胆地创造出了"电话线"这一现代性的命名。

而这时他的稿纸有几页又找不到了(这种情况后来常有

发生,因此才有了我四处为他找寻诗稿的传言),潦潦草草就结束了朗诵。我很矜持地赞扬了几句,但对于他和我的诗风接近这一点,我不太情愿立即承认,因为对于这个世界上居然有一个人写得同我一样好或比我好,而且此人就站在眼前这一事实,我还完全无法接受,也不能立刻反应过来。他的出现,让我感到太突然了,有一种被镇住了的感觉,潜藏着某种说不清的神秘意味。后来他说这是神安排他来重庆与我接头,如没有这次接头和相遇,很可能我们俩就不写诗了,因那时我们都已各自陷入某种写作的危机,并且也有另外的事情要去做。

得迅速离开。今后不见他就行了。我的内心在紧急地催促。这次见面不到一小时,我就告辞走了,后来他告诉我,他当时既觉遗憾又感奇怪,这人怎么一下就走了。

这第一次见面,他给我留下这样一个匆忙的最初印象:梦幻般漆黑的大眼睛闪烁着警觉和极其投入的敏感。他当时那么年轻,可我却在他眼神的周遭,略略感觉到几丝死亡之甜的魅影。他的嘴和下巴是典型的大诗人才具有的——自信、有力、骄傲而优雅,微笑洋溢着性感。让我再说一遍:他当时的魅力多么年轻。

我很快就把我和张枣见面的情况告诉了彭逸林(诗人,时任重庆钢铁工业学校语文教师,现在是重庆大学教授),要他对这位年轻诗人给予注意。但我们三人一起第一次碰面（也是我和张枣第二次见面）一直推迟到第二年3月。在这期间我处理了一些纯粹的个人琐事：调动（从中国科学技术情报研究所重庆分所调动至西南农业大学英语教研室）、适应以及安顿。

1984年3月我和张枣正式结下难忘的诗歌友谊。

那是一个寂寞而沉闷的初春下午——很可能就是3月7日或8日，谁还记得准确呢？那就让我放胆说出来吧，就是这一天，3月8日——我突然写了一封信，向年轻的张枣发出了确切的召唤，很快收到了他的回信。他告诉我他一直在等待我的呼唤，终于我们相互听到了彼此急切希望交换的声音。诗歌在三四十千米间（四川外语学院与西南师范大学相距三四十千米）传递着它即将展开的风暴，那风暴将重新创造、命名我们的生活——日新月异的诗篇——奇迹、美和冒险。我落寞失望的慢板正在逐渐加快。

1984年3月中旬的一个星期六的下午，彭逸林熟悉的声音从我家黑暗的走廊尽头传来，我立刻高声喊道："张枣来了没有？""来了。"我听到张枣那扑面而来的声音。

这天下午三点至五点，四个人（我、张枣、彭逸林及彭带来的一位他所在学校——重庆钢铁工业学校的年轻同事）在经过一轮预热式的谈话后，我明显感觉到了张枣说话的冲击力和敏感度,他处处直抵人性的幽微之境,似乎每分每秒都要携我以高度集中之精神来共同侦破人性内在的秘密。可在一般情况下,我是最不乐意与人谈论这些话题的。我总是在生活中尽量回避这直刺人心的尴尬与惊险。但张枣似乎胸有成竹地预见到了我对人性的侦破应该有一种嗜好或者他也想以某类大胆的话题来挑起我的谈兴和热情。面对他的挑战,我本能地感到有些不适,我当时已打定主意不单独与他深谈了。吃晚饭时,我就私下告诉彭逸林,晚上让张枣和他带来的那位老师共住我已订好的一间学校招待所房间。如果当时彭逸林同意了,我和张枣就不会有这次"绝对之夜"(见后)的深谈,彼此间心心相印的交流要么再次推延,要么就从来不会发生,但命运却已被注定,彭逸林无论如何不答应我的建议,反劝我与张枣多交流。接下来可想而知,这场我本欲避开的彻夜长谈便随即展开了。

谈话从黑夜一直持续到第二日黎明,有关诗歌的话题在紧迫宜人的春夜绵绵不绝。他不厌其烦地谈到一个女生娟娟,谈到岳麓山、橘子洲头、湖南师院,谈到童年可怕的抽搐、迷人的冲动,在这一切之中他谈到诗歌,谈到庞德和意象派,谈到弗洛伊德的死本能(death instinct)、力比多(libido)以及注定要灭亡的爱情……

交谈在继续……诗篇与英雄皆如花,我们跃跃欲试,要来酝酿节气(此说化用胡兰成《文学的使命》最后一句:"文章与英雄都如花,我们要来酝酿节气。"参见胡兰成《中国文学史话》,上海社会科学院出版社,2004年,第127页)。

在半夜,我打开了窗户。校园沉寂的芬芳、昆虫的低语、深夜大自然停匀的呼吸,随着春天的风吹进了烟雾缭绕的斗室,发白的蓝花点窗帘被高高吹起,发出孤独而病态的响声,就像夜半人语。我们无一幸免,就这样成为一对亲密幽暗而不知疲乏的吸烟者。这一画面从法国诗人马拉美与瓦雷里的吸烟形象中转化而来,原文出自梁宗岱所译瓦雷里的文章《骰子底一掷》(《诗与真·诗与真二集》,外国文学出版社,1984年,第198页)中一小节:

> 七月的繁天把万物全关在一簇万千闪烁的别的世界里,当我们,幽暗的吸烟者,在大蛇星、天鹅星、天鹰星、天琴星当中走着——我觉得现在简直被网罗在静默的宇宙诗篇内:一篇完全是光明和谜语的诗篇……

这时张枣在一张纸上写下"诗谶"二字,并在下面画出二道横杠;接着他又写下"绝对之夜"和"死亡的原因",并用框分别框住;而在纸页的上方又写来一个大字"悟"。我们的友谊(本该在半年前就开始的友谊,而在这个下午或黄昏又差点停滞不前的友谊）随着深入的春夜达到了一个不倦的新起点。说话和写诗将成为我们频繁交往的全部内容。他在一首诗《秋天的戏剧》第六节中，记录了我们交往的这一细节：

> 你又带来了什么消息，我和谐的伴侣
> 急躁的性格，像今天傍晚的西风
> 一路风尘仆仆，只为了一句忘却的话
> 贫困而又生动，是夜半星星的密谈者
> 是的，东西比我们更富于耐心
> 而我们比别人更富于果敢
> 在这个坚韧的世界上来来往往
> 你，连同你的书，都会磨成芬芳的尘埃

后来，1999年冬，他在德国为我的《左边——毛泽东时代的抒情诗人》一书写下一篇序文《销魂》，在文中他叙说了我俩在一起写诗的日子是怎样地销魂夺魄：

> 在1983—1986年那段逝水韶光里，我们俩最心爱的话题就是谈论诗艺的机密。当时，他住重庆市郊北碚，我住市区沙坪坝区歌乐山下的烈士墓（从前的渣滓洞），

彼此相隔有三四十千米，山城交通极为不便，为见一次面路上得受尽折磨……有时个把月才能见上一面，因而每次见面都弥足珍贵，好比过节。我们确实也称我们的见面为"谈话节"（按：他那时偏爱用弗洛伊德的一个精神分析术语"谈话疗法"，即 talking cure 来形容我俩这个谈话的节日）。我相信我们每次都要说好几吨话，随风飘浮；我记得我们每次见面都不敢超过三天，否则会因交谈而休克、发疯或行凶。常常我们疲惫得坠入半昏迷状态，停留在路边的石头上或树边，眼睛无力地闭着，口里那台词语织布机仍奔腾不息。

我们就这样开始了长途奔波，在北碚和烈士墓之间，在言词的欢乐与"销魂"之间，我们真是绝不歇息的奔波者呀。那时还没有具体事件，稿纸、书籍、写诗、交谈，成为我们当时的全部内容。其情形，每当我忆起，就会立刻想到俄罗斯作家伊万·蒲宁《拉赫玛尼诺夫》一文的开篇几句："我是在雅尔塔同他结识的，那天我们曾促膝长谈。像这样的长谈只有在赫尔岑和屠格涅夫青年时期的浪漫岁月里才会有。那时人们往往彻夜不眠地畅谈美、永恒和崇高的艺术。"我与张枣这种动辄就绵延三天的长谈，不仅宛如那（蒲宁说的）浓荫式的俄罗斯长谈（这种长谈可参见我后来写的诗歌《再忆重庆》），也更像东亚或中国古代文人那种"今夕复何夕，共此灯烛光"（杜甫：《赠卫八处士》）的秉烛夜谈，那是一种神秘东方的从不惊动旁人的"细论文"式交流（"细论文"出自杜甫《春日忆李白》："白也诗无敌，飘然思不群。清新庾开府，俊逸鲍参军。渭北春天树，江东日暮云。何时一樽酒，重与细论文。"），那也是一种"高山流水"知音之间的过于专注的交流，因此在这个交流之外，我们暂时不能感到还有任何别的东西存在，而唯有彼此之间那不断涌出的话语。

以上情形随着他1986年夏去德国便结束了。第二年（1987）冬他回国作短暂逗留，我们又迎来了一个很小的谈话高潮，他这时主要是以行动而不是说话在重庆和成都刮起了一阵昔日重来的明星式旋风，他似乎更想通过这"风"来荡尽他在德国一年来的寂寞，与此同时我们各自未卜的前程也已经展开，双方难免心怀语境不同的焦虑而有点心不在焉了。

1995年秋冬之际，我们又在成都短暂见了几面，谈的多是些平凡具体的生活、家庭琐事，虽无甚纯粹的诗意，但犹觉亲切和平。再后来，便是两年后（1997），在德国东柏林一个叫Pankow的地方相逢，这一次我们似乎又找回了我们青年时代那"谈话节"般的喜悦。诗人、小说家，如今亦是知名电影导演的朱文应该目睹了我俩当年那种深夜谈话的紧张感，虽看见的仅是一抹余晖，但他是否会惊异于这两个古怪的过于急急说话的人呢?

后来我在契诃夫的一本书里读到一句话,"俄国人要过了半夜才能进行真正的、推心置腹的谈话",我立即想到中国人也差不多是这样。难道不是吗?我和张枣的谈心从一开始就发生在夜半三更。这正是"昼短苦夜长,何不秉烛游",这也是为什么一开始我想回避与张枣作这种"俄国式"深夜长谈的原因,因为这种长谈潜在着某种危险……只可惜一切都已改变,我们也不可能活在过去那美好的"危险"时光了……

在四川外语学院,凌晨或夜半的星星照耀着一条伸向远方的干枯铁路,我们并肩走着,荡人的春气、森林或杜鹃正倾听我们的交谈。一次,当我们在歌乐山盘旋的林荫道上漫步时,他俯身从清芬的地面拾起两片落叶,随即递给我一片,并说我们各自收藏好这两片落叶,以作为我们永恒诗歌友谊的见证。四年之后(1988年3月9日,又一个早春),他在德国特里尔大学(读博士学位),写下《早春二月》,回忆了这段生活:

> 太阳曾经照亮我;在重庆,一颗
> 露珠的心,清早含着图像朵朵
> 我绕过一片又一片空气;铁道
> 让列车疼得逃光,留杜鹃轻歌。

我说，顶峰你好，还有梧桐松柏

无论上下，请让我幽会般爱着

……

一个痛惜时光寸寸流逝的诗人，一个孤独的年轻漫步者，他已来到重庆悠悠的山巅。多年之后（1997），他真的在德国图宾根森林边缘（当时，他已在图宾根大学任教），写下一首《悠悠》，不过那并非是写他的重庆岁月，而是在回忆中写他十五岁读大学时的良辰美景："书未读完，自己入眠？"（见张枣《麓山的回忆》）欧阳江河曾为这首《悠悠》写过几千字的细读文字，有兴趣的读者可找来一阅。我后来也在一首小诗《长沙》中幻想了十五岁的张枣上大学的情形。

他的声音总是那样柔和而缓慢，在给我的书信中，他谈得最多的是诗歌中的场景（情景交融）、戏剧化（故事化）、语言的锤炼、一首诗微妙的底蕴以及一首诗普遍的真理性，后来他将此发展为他的"元诗"理论（参见张枣《朝向语言风景的危险旅行——中国当代诗歌的元诗结构和写者姿态》）。他那时正热爱着庞德等人发明的意象派和中国古典诗词，这刺激了我并使我急匆匆地将"历史"和"李白"写入诗中。他温柔的青春正沉湎于温柔的诗篇，他的青春也焕发了我某些熟睡的经验。我的感受一直多于他的技巧（是这样吗？也可能不一定），我曾在另一个春日的下午，在歌乐山一个风景如画的明朗斜坡，对他谈到秋天是怎样在 1965 年，从一间简陋的教室、从一件暗绿色的灯芯绒开始的：

> 这是 1965 年初秋的一天，一夜淅沥的秋雨褪去了夏日的炎热，在淡蓝的天空下，在湿润的微风中，我身边的一位女同学已告别了夏日的衣裙，换上了秋装——一件暗绿的灯芯绒外套。由于她刚穿上，我自然而然地就闻到了一种陈旧的去秋的味道，这味道在今天清晨突然集中散发出来，便被我终生牢记了，那可是最精确的初秋的味道呀（充满人间的温暖)！时光在经历了"盛大的夏日"（里尔克）后，正渐凉地到来并又悄悄地流逝。接着又是秋游，她仍旧穿着那件灯芯绒，在清贫而幸福的重庆嘉陵江北山坡上……"在初秋的日子里，/有一段短暂而奇效的时光——"（丘特切夫（Tyutchev）：《在初秋的日子里》）每当我想起那位遥远的灯芯绒少女时，我知道她已成为我少年时代关于什么是美的开篇。

张枣倾听着我的感受，同时不久便创造出完全属于他自己的"灯芯绒幸福的舞蹈"（见后）。我们彼此就这样幸福地学习着，我还记得他用整整一个下午为我详细分析叶芝的两首诗《在学童中间》和《驶向拜占廷》。尤其是《在学童中间》，张枣从中学到了许多诗艺，特别是叶芝的面具理论和戏剧化手法，后来他运用得极为娴熟自然。

急进而快乐的4月，欧阳江河来重庆西南师范大学做现代诗讲演（这种类型的讲演在稍后的1985—1986年曾风靡全国，"非非"领袖周伦佑也曾在"非非"创始的前夜来过此地进行讲演），我们三人相聚。张枣就在这时读到了让他吃惊的《悬棺》（欧阳江河早期名作），同时在周忠陵（见后）处油印了他的第一本个人诗集《四月诗选》，这是他献给当时正风云际会的中国诗坛的第一份见面礼。

镜中的诗艺

写作已箭一般射出，成熟在刹那之间。这一年（1984）深秋或初冬的一天黄昏，张枣拿着两首刚写出的诗歌《镜中》《何人斯》急切地来到我家，当时他对《镜中》把握不定，但对《何人斯》却很自信，他万万没有想到这两首诗是他早期诗歌的力作并将奠定他作为一名大诗人的声誉。他的诗风在此定型、线路已经确立，并出现了一个新鲜的面貌；这两首诗预示了一种在传统中创造新诗学的努力，这努力代表了一代更年轻的知识分子诗人的现代中国品质或我后来所说的汉风品质：一个诗人不仅应理解他本国过去文学的过去性，而且还应懂得那过去文学的现在性（借自 T. S. 艾略特的一个诗观）。张枣的《何人斯》就是对《诗经·小雅·何人斯》创造性（甚至革命性）的重新改写，并融入个人的当代生活与知识经验，用现在的话说，就是一种对现代汉诗的古典意义上的现代性追求。他诗中特有的"人称变换技巧"的运用，已从这两首诗开始并成为他写作技艺的胎记与指纹,之后,他对这一技巧运用得更加娴熟。他擅长的"你""我""他"在其诗中交替转换、推波助澜,形成一个多向度的完整布局。

毫无疑问,张枣一定是被《诗经》中的"何人斯"这三个字闪电般击中,因而忽然获得某种神秘的现代启示。我是谁?我到哪儿去?这本是张枣一生都在反复追问的主题……

在我与他的交往中,我常常见他为这个或那个汉字词语沉醉入迷,他甚至说要亲手称一下这个或那个(写入某首诗的)字的重量,以确定一首诗中字与字之间搭配后产生的轻重缓急之精确度。就这样,这些"迷离声音的吉光片羽"(张枣:《悠悠》),这些蓦然出现的美丽汉字,深深地令他感动流连,其情形恰如胡兰成《论张爱玲》中的一段:

> 她赞叹越剧《借红灯》这名称,说是美极了。为了一个美丽的字眼,至于感动到那样,这里有着她对于人生之虔诚。她不是以孩子的天真,不是以中年人的执着,也不是以老年人的智慧,而是以洋溢的青春之旖旎,照亮了人生。(胡兰成:《中国文学史话》,上海社会科学院出版社,2004年,第170页)

另外,《诗经·小雅·何人斯》开篇四行对张枣《何人斯》的触动尤其重要,且引来一晤:

> 彼何人斯?其心孔艰;胡逝我梁,不入我门?

这劈头一问,那人是一个什么样的人呀?也正是张枣每时每刻都在揪心叩问并思考的问题,他的诗可说是处处都有这样的问题意识,即他终其一生都在问:我是哪一个?张枣的这首《何人斯》也是从当前一问——"究竟是什么人?"一路追踪下去,直到结尾"我就会告诉你,你是哪一个"。如此追问,可想而知,他为何特别着迷于呈现或侦破诗歌中各个人称在故事铺开、发展后的彼此关系及其纠缠;而《何人斯》中,你和我紧紧纠缠的关系及故事,正是诗歌在元诗意义上的关系与故事。这又可从张枣写于1990年的一首诗《断章》的最后三行中得到明证:

> ……
> 是呀,宝贝,诗歌并非——
> 来自哪个幽闭,而是
> 诞生于某种关系中

《镜中》的故事亦是如此，它在两个人物（我和她）中展开，并最终指向一个戏剧性的遗憾场面。"皇帝"突然现身，张枣对此稍有迟疑，我建议他就一锤子砸下去，就让这一个猛词突兀出来。无须去想此词的深意，若还有深意的话，也是他者的阐释，而写者不必去关心。为了震吓这个世界，诗人有时会故意用这类突兀词来刺激读者，使之如冷水浇背。同理，为了故意制造某种震惊性场景，并以此来与该诗悔意缠绵之境形成张力，"皇帝"出现得非常及时。而其中那"一株松木梯子"最为可爱且有意思。可以想象，如果只是"一架梯子"将是多么简单，少了诗意。"一株松木梯子"这个意象，我以为是全诗的细节亮点，既富现代感性，又平添了几许奇异的古典性色泽。那平常之物——松木梯子——似中了魔法，经过诗人的点金术之后，变形为奇幻的意象。此意象又最能证明纳博科夫所说，伟大的作家都是魔法师。

那时，当我着迷于象征诗时，张枣却偏好意象诗，这一区别，尤可玩味。须知，象征就意味着浪漫、暗示、间接及主观；而意象则是古典、明晰、直接与客观。众所周知，庞德对古典汉诗也极为着迷，其实他是对汉字作为表意文字这一意象所代表的另一种文明着迷，他曾说过："与其读万卷书，不如写出一个意象。"如今中西诗人都已达成了这一共识，即意象诗是一切诗歌写作的基础，无论哪个民族的诗人都可以诗歌写作中意象的优劣为标准进行同场竞技,一决诗歌之高下。而意象诗尤似中国语言文字学中最基础的科目——小学,小学是一切中国学术的根本,它包含了对字形、字义、字音的研究。以此类推:若想考察一个人的诗歌写作水平如何,就应首先看他写来的一首小小的意象诗水平如何,一个连意象都写不到位的诗人是不适合写诗的。只有当他过了意象关之后,他才可以天马行空、任意驰骋,这时无论他写什么,哪怕写大白话,都无碍,因为他已有了那扎实的意象底子垫着。而张枣在很年轻的时候,就已经是意象诗的高手了,他写出的一流意象诗非常多,无须一一枚举,仅这首《镜中》,我以为,便足可成为现代中国意象诗的翘楚。

至于这首小诗的意义,如今我们当然懂得,不必过度阐释。《镜中》只是一首很单纯的诗,它只是一声感喟,喃喃地,很轻,像张枣一样轻。但这轻是一种卡尔维诺说的包含着深思熟虑的轻。这轻又仍如卡尔维诺在《论轻逸》中所说,是"一种倾向致力于把语言变为一种像云朵一样,或者说得更好一点,像纤细的尘埃一样,或者说得再好一点,磁场中磁力线一样盘旋于物外的某种毫无重量的因素……对我来说,轻微感是精确的、确定的,不是模糊的、偶然性的。保罗·瓦雷里说:'应该像一只鸟儿那样轻,而不是像一根羽毛。'"（瓦雷里此说尤指轻中之重，而非真的轻若鸿毛，我认为这轻与重之间的讲究与辩证法仅仅是说给那些懂得轻的诗人听的。）

说来又是奇异：湖南人自近代以来就以强悍闻名，而张枣平时最爱说一句口头禅："我是湖南人。"那意思我明白，即指他本人是非常坚强的。有关"坚强"一词，他曾在给我的来信中反复强调，不必一一寻来，这里仅抄录他1991年3月25日致我的信中的一小段：

> 不过，我们应该坚强，世界上再没有比坚强这个品质更可贵的东西了！有一天我看到一个庞德的纪念片（电影），他说："我发誓，一辈子也不写一句感伤的诗！"我听了热泪盈眶。

但这内心强悍的湖南人总是轻盈的。奇妙的张力——轻盈与强悍——他天生具有，《镜中》最能反映他身上这一对强力——至柔与至刚——所达至的平衡，那正是诗中后悔的轻叹与皇帝的持重所化合着并呈现出的一个诗人命运的（轻与重的）微积分呢（"命运的微积分"这一说法出自纳博科夫的一个观点）。另外，《镜中》还应该被理解为《何人斯》之前一首轻逸隽永的插曲。它在一夜之间广为传唱的命运近似于徐志摩和戴望舒那易于被大众接受的《再别康桥》及《雨巷》。这婉妙的言词组成的原子（见卡尔维诺《论轻逸》："正因为我们明确知道事物的沉重，所以关于世界由毫无重量的原子构成这一观念才出人意表。"），这首眷恋萦回的俳句式小诗，在经历了多少充实的空虚和往事的邂逅之后，终于来到感性的一刹那，落梅的一刹那，来到一个陈旧而神秘的词语——"镜中"。

我还记得我当时严肃的表情，我郑重地告诉他："这是一首会轰动大江南北的诗……"他却犹豫着，睁大双眼，半信半疑。《镜中》除了它必然轰动的命运外，它也是张枣赠与这个世界的见面礼，见面礼不能太困难、太复杂，一定是刚刚好，但也需要一点与众不同之处，这些，张枣都机缘巧合地在这首诗中做到了。所以，这首诗的读者面注定会广大无边。

在他后来写的《秋天的戏剧》中，以上所说那种细巧精密的"人称变换技巧"达到了另一个丰富的程度。全诗共八节，除前三节和最后一节是写"我"与诗中其他人物的关系与故事外，中间四节分写了四个人（两男两女，皆有原型，在此不赘），这四个人恰似表演的演员，在"我"的带领下，在一个舞台上演"秋天的戏剧"。

紧接着，《灯芯绒幸福的舞蹈》将其诗艺更推向一个高峰，人称的变换游戏——这一游戏卞之琳生前玩得烂熟——

在此诗中呈现得更为天然，更为出神入化，简直就成了张枣的拿手好戏。该诗从"她"到"他"，张枣思路很清晰，须知，一舞者必伴一欣赏者或参与者。前一部分的"我"，是以男性为主导讲述故事；后一部分的"我"，则是以女性为主导讲述故事。此诗正是这两层眼界，第一部分是以男性为中心，张枣以男主角的口吻说话；第二部分则以女性为中心，张枣又以女主角的口吻说话。如此书写阴与阳，真是既讲究又平衡。用现在一句时髦的话说，就是运用互为主体性来进行书写。当然这种写法也表现出张枣雌雄同体的后现代写作风格，即他不是单面人，而是具有双向度或多向度的人。

张枣的戏剧化手法，即人称在诗中不停地转化，像极了卞之琳，同时也是向戴着各种面具歌唱的叶芝学习的结果。张枣对艾略特的"非个人化理论"及叶芝的诗相当熟悉，尤其是叶芝，他从中学到了很多，譬如叶芝的《在学童中间》(*Among School Children*)，他就对其结构、音乐性、虚与实的演绎技术等，进行过反复细腻的精研。在此又顺告读者，张枣用字比我更加精致，此点颇像卞之琳；而在用字的唯美上，我则始终认为他是自现代汉诗诞生以来的绝对第一人，至今也无人匹敌。

我们顺便再来看他另一首小憩时写的《深秋的故事》。它是张枣 1984 年或 1985 年写于重庆的一首小诗，此诗是张枣在重庆对江南,尤其是对南京及其周遭江南小镇的想象,由于诗中有一个我们能感触到的人物——她(在诗中写人或各种人物的出场表演,是他一贯最拿手的技艺)的穿梭,江南古典的风景也就重新活过来了。

读者要特别注意,张枣几乎所有的诗都有一个对象(这个对象常是他者,但有时也是他自己,譬如《那使人忧伤的是什么》《早春二月》,便是张枣在描画或探究自己的篇章),即一个具体的倾听者,他常常会以他的幻美之笔,将这个或那个他生活中的人物写入他安排妥帖的诗歌场景中,这正是他念兹在兹的"情景交融"——我们先人最严守的古典诗律。从此出发,我们可以看到张枣是如何为他笔下的人物进行"美容化妆"的,他在诗歌中运用着他的美学魔法。这又应了纳博科夫在《优秀读者与优秀作家》中的一段话:"我们可以从三个方面来看待一个作家(当然也以此来看待一个诗人):他是讲故事的人、教育家和魔法师。一个大作家集三者于一身,但魔法师是其中最重要的因素,他之所以成为大作家,得力于此。"(参见纳博科夫《文学讲稿》,生活·读书·新知三联书店,1991年,第25页)

而他在1986年11月13日写于德国的《刺客之歌》,演员被最大限度减少到两人,不像《秋天的戏剧》人物众多,出场入场缤纷壮丽。在此,他若一个沉静的导演绝对掌控着诗中人物的表演。首先,他把自己的形象出神入化地平均分配给了刺客和太子。两副面孔——两种语气——两个相同的命运(指共同复仇的命运及任务)——太子与刺客,在一片素白的河岸为我们上演了"风萧萧兮易水寒"的惊骇场面,一首小诗被委以重任并胜任了极端的时间。

故事就这样开始了:太子正面出场,那刺客也若影子般神秘地在场,舟楫在叮咛,酒与剑已必备,英俊的太子向我们走来,热酒正在饮下……语调就是态度,就是信仰,就是决心。幻觉中,作为导演的张枣这时也挺身而出,代替了故事里的主角——刺客,其实,他也就只手翻新了历史中的一个画面;此刻,张枣年轻的影子已伫立在画面中,以"另一张脸在下面走动",任"历史的墙上挂着矛和盾"。我第一次(接着是好多次)读到这首诗时,诗中的每一个言词似乎都在脱颖而出,它们本身在说话、在呼吸、在走动,在命令我的眼睛必遵循这诗的律令、运筹和布局。多么不可思议的诗意,三个人物(刺客、太子、张枣)在如此小的诗歌格局中(而非大诗中)充溢着无限饱满的心理之曲折、诡谲、简洁、练达,突然故事贯穿了、释然了,一年又一年,一地又一地,诗人当前的形象终于在某一刻进入了另一个古老烈士——刺客——的血肉之躯。

此诗当然亦可从另一番深意出发予以阐释,张枣正以此诗"风萧萧兮易水寒"的场景来自喻他在德国的境况:"为铭记一地就得抹杀另一地/他周身的鼓乐廓然壮息"。不是吗?2006年4月,他在接受《新京报》记者刘晋锋采访时,就说过:"我在国内好像少年才俊出名,到了国外之后谁也不认识我。我觉得自己像一块烧红的铁,哧溜一下被放到凉水里,受到的刺激特别大。"

在德国,鼓乐已遽然壮息了,但与此同时,他又迎难而上,假以诗中"刺客"的命运及任务来暗示或象征他自己身在异国的诗歌写作的凶险命运及任务:"那凶器藏到了地图的末端/我遽将热酒一口饮尽"。其中那"地图的末端",表面看去恰似张枣年轻时喜爱的诗人里尔克《这村里》的开头二句:"这村里站着最后一座房子,/荒凉得像世界的最后一家。"(梁宗岱译)但境界却完全不同了,张枣翻手便将这世界尽头的西洋式"荒凉"写得汉风熠熠,既惊险又惊艳。另,以上所引这些《刺客之歌》的诗句还让我想到他曾对我不止一次说过的话:"我知道我将负有一个神秘的使命。"(此句出自张枣1988年7月27日给我的来信)那将是怎样一种惊心动魄的使命呀!诗人的决心下得既艰难又决绝,为此,他的眼前只能是矛和盾。

考虑到张枣研究者及热爱他的读者或许没有见过此诗的原文,在此,我特别从其手稿里寻来。另外说一句,这首诗也是张枣的父亲很喜欢的一首诗,他常常会在一些场合朗诵这首诗,并认为从这首诗可以看出张枣是一位真正的爱国诗人。

刺客之歌

从神秘的午睡时分惊起
我看见的河岸一片素白
英俊的太子和其他谋士
脸朝向我,正屏息敛气

"历史的墙上挂着矛和盾
另一张脸在下面走动"

河流映出被叮咛的舟楫
发凉的底下伏着更凉的石头
那太子走近前来
酒杯中荡漾着他的威仪

"历史的墙上挂着矛和盾
另一张脸在下面走动"

血肉之躯要使今昔对比
不同的形象有不同的后果
那太子是我少年的朋友
他躬身问我是否同意

"历史的墙上挂着矛和盾
另一张脸在下面走动"

为铭记一地就得抹杀另一地
他周身的鼓乐廓然壮息
那凶器藏到了地图的末端
我遽将热酒一口饮尽

"历史的墙上挂着矛和盾
另一张脸在下面走动"

1984年秋是张枣最光华夺目的时间,从《镜中》开始,他优雅轻盈的舞姿(也可说一种高贵的雌雄同体的气息)如后主(李煜)那华丽洋气的"一江春水"恣意舒卷,并一直持续到1986年初夏(之后,他远赴德国)。而这时他又写出了多少让我们流连的诗篇,仅举一首《灯芯绒幸福的舞蹈》

（去德国之前，写于重庆的最后的杰作！）就足以令他的同行们望而却步。我现在想来这首诗一定有某种深不可测的神秘性。他预示了张枣的生命奇迹和后来的命运……通过对这首诗的解读我们可以试着还原1985—1986年张枣的诗人形象。不过这个诗艺侦破工作还是留给学者们去做吧。现在我才知道他1986年去了德国的内在原因，以他当时的诗艺，的确已到了登峰造极、无人能及的地步，他必须去一个更广大的世界舞台。可以想象他当时的内心是多么的孤独，说实话，我们那时的水平，当然也包括我的水平，和他比起来真是差很远了。《灯芯绒幸福的舞蹈》是一条分界线，一块试金石，以此可以测出当时所有诗人与张枣的差距。我现在想来也感到恐怖，我完全不能相信，他写出这首诗时，年仅二十三岁。这岂是"天才"可以形容，完全是诗神突然降临了人间。

他后来所写的更为繁复幽微之诗，譬如《云》（1996）也可以在《灯芯绒幸福的舞蹈》中找到某种线索。在《云》中，他对他的儿子张灯，同时也是对他自己说出了最富启示性的话语："在你身上，我继续等着我。"从而探索并回答了什么是一位中国父亲那可泣的未竟之抱负，个中心曲与自省，令人再三涵咏。

话再说回来，单从他重庆时期所写下的诗篇，敏感的诗人同行就应一眼见出他那两处与众不同的亮点：一是太善于用字，张枣似乎仅仅单靠字与字的配合（那配合可有着万般让人防不胜防的魔法呢）就能写出一首鹤立鸡群的诗歌，为此，我称他为炼字大师，绝不为过；二是张枣有一种独具的呼吸吐纳的法度，这法度既规矩又自由，与文字一道形成共振并催生出婉转别致的气韵，这气韵腾挪、变幻，起伏扬抑着层层流泻的音乐，这音乐高古洋气、永无雷同，我不禁要惊呼他是诗歌中的音乐大师。

在此，我要快递出一个结论：张枣这些诗最能对上 T. S. 艾略特的胃口，即他的名文《传统与个人才能》的胃口。我的意思是说：张枣的诗既是传统的，又是具有个人才能的，它完全符合 T. S. 艾略特那条检验好诗的唯一标准——"这个作品看起来好像符合（指符合传统），但它或许却是独创的，或它看起来似乎是独创的，但却可能是符合的。我们极不可能发现它是一种情况，而不是另一种情况。"（T. S. 艾略特：《传统与个人才能》，李赋宁译注，《艾略特文学论文集》，百花洲文艺出版社，1994 年，第 4 页）的确，一件所谓的新作品如仅仅是符合传统，"那就意味着新作品并不真正符合；新作品就算不上新，也就不成其为艺术品了"。（同上）因此，好作品的标准必是既传统又独创，二者须臾不离，难分难舍。那么，我们又如何去践行这一标准呢？这便用得到卞之琳那句老话："化欧化古"；或闻一多所说的，中国新诗"要做中西艺术结婚后产生的宁馨儿"。而张枣正是"化欧化古"的圣手，同时亦是写意象的圣手，其手腕恐怕只有小说家中的张爱玲可略略上场来比一比。

《镜中》《何人斯》等诗，也迎合了他不久后（1986）写出的一个诗观，这诗观又与 T. S. 艾略特的《传统与个人才能》完全匹配："必须强调的是诗人应该加强或努力获得一种对过去的意识，而且应该在他的整个创作生涯中继续加强这种意识。"张枣这个诗观正是对此"过去意识"，即传统精神的孜孜呼应；同时，在他的艺术实践中，他也完全遵循这一"意识"：

> 历来就没有不属于某种传统的人，没有传统的人是不可思议的，他至少会因寂寞和百无聊赖而死去。的确，我们也见过没有传统的人，比如那些极端个人主义者和浪漫主义者，不过他们最多只是热闹了一阵子，到后来却什么都没干。
>
> 而传统从来就不尽然是那些家喻户晓的东西，一个民族所遗忘了的，或者那些它至今为之缄默的，很可能是构成一个传统的最优秀的成分。不过，要知道，传统上经常会有一些"文化强人"，他们把本来好端端的传统领入歧途。比如弥尔顿，就耽误了英语诗歌二百多年。

传统从来就不会流传到某人手中。如何进入传统，是对每个人的考验。总之，任何方式的进入和接近传统，都会使我们变得成熟、正派和大度。只有这样，我们的语言才能代表周围每个人的环境、纠葛、表情和饮食起居。

如是，他着迷于他那已经开始的现代汉诗的新传统试验，着迷于成为一个古老的馨香时代在当下活的体现者。1988年7月27日，他在从德国特里尔给我的来信中，间接批评了中国文学中有些文人，由于功利目的太强，从而导致其作品的现实感过于贴近当下的俗事。[①] 他在我的印象中基本没有任何世俗生活的痛苦，即便有，他也会立刻转换为一种张枣式的高远飘逸的诗性。他的痛苦的形而上学：仅仅是因为传统风物不停地消失，使之难以挽留；因为"少年心事当拿云"（李贺：《致酒行》）的古典青春将不再回来，又使之难以招魂。他的这种纯粹天生诗意的感发对于我当时的心情（指我当时与之相比，却显得现实了，远不如他纯粹）是一个很大的安慰。

---

① 见附录第六封信。——编者注

"我总是凝望云天"

来自烈士墓的风尽是春风,他在这春风中成了20世纪60年代出生的人的楷模(至少在当时,在重庆),那时,四川外语学院和西南师范大学有两个忘记了外部世界、交往十分密切的诗歌圈子,前者以张枣为首(其中包括傅维、杨伟、李伟、文林、付显舟),后者以我为首(包括郑单衣、王凡、刘大成、王洪志、陈康平)。他在这两个圈子里欢快地游弋,最富青春活力,享受着被公认的天之骄子的身份,而且南来北往的诗人也开始云集在他的周遭。在当时的四川诗歌界,尤其是在各高校的文艺青年心中,张枣有着几乎绝对明星的地位。他非常英俊,1983年的英美文学研究生,二十二岁不到就写出了《镜中》《何人斯》,而且说话的声音韵律有一种令人啧啧称羡的吸引力,他那时不仅是众多女生的偶像,也让每一个接触了他的男生疯狂。他在重庆度过了他人生中最耀目的三年(1983—1986),那三年岁月可用王维一首《少年行》来总括：

> 新丰美酒斗十千，咸阳游侠多少年。
> 相逢意气为君饮，系马高楼垂柳边。

谈话节般虚幻的快乐。光阴——聚首——抒情——启迪。我们那时唯一拥有的就是时间。时间真是多得用不完，而且似乎越用越多，越用越慢。这正是适合我们的诗歌时间，"时间是节奏的源泉。每一首诗都是重构的时间。"（布罗茨基）的确，诗人的一生只能是沉醉于时间的一生。但很快，新的节奏插了进来。1984年秋冬之间，疯狂的公司或协会扫除了一切"虚度光阴的聚会"（借自诗人陈子弘所写一篇文章的题目）。就在这一年冬天，吴世平成立了一个协会——重庆青年文学艺术家协会。至今我还记得我和张枣去参加唯一一次会议的情景，那热气腾腾的场面好像又让我重新回到了1981年广州青年文学协会成立时的同一场面。大家似乎都急于做事，做什么事？"苏维埃刚刚成立，很忙……"我轻声对旁边的张枣开了一句玩笑。而张枣却被吴世平说话的声音所吸引。他在审美。二十五年后，他在一篇文章（他生命中最后一篇文章）《枯坐》中，还意犹未尽地回忆了当年这一幕：

……那从前的对饮者,也就是这样举落着我们的手和杯,我们还那么年轻,意气风发,80年代的理想的南风抚面。

……1985年10月的一天,是个雨天,在上清寺附近的一个机关里(按:这里张枣记忆有误,地点是在解放碑附近王晓川的外贸公司办公楼里),来了一堆另类模样的人,热热闹闹的,大谈文艺的自由与策略。这时,吴世平领着一个军人进来,年轻帅气,制服整洁,脸上泛着毕业生的青涩,浑身却有一股正面人物的贵气,有点像洪常青,反正跟四周这些阴郁的牛鬼蛇神是很有反差的。吴世平介绍道:他叫潘家柱(按:如今叫赵楚,历史、文化及军事战略学者),解放军某外语学院刚毕业,志愿加入我们协会,正在研究和引进海明威。大伙儿鼓起掌来,年轻的我也在鼓掌,仿佛看到年轻的黄珂也在鼓掌,他那时是长长的嬉皮士头发,浓眉大眼的,俊气逼人。而再看看潘家柱,他语无伦次地说了一段话,挺高调的,忘了他具体说了什么。只记得他说完,挺身立正,给大家敬了个脆响的军礼,还是那种注目环顾式的。二十多年了,甚至在孤悬海外的日子里,我会偶尔想着这个场景的。不知为何,觉得它美。(张枣:《枯坐》,《张枣随笔选》,人民文学出版社,2012年,第4—5页)

有关这个重庆青年文学艺术家协会的相关趣事,感兴趣的读者还可参读赵楚写的一篇文章《悼张枣:我们爸爸的聚会在散场》,在这篇文章接近尾声时,赵楚回忆了与张枣二十多年后在北京的重逢:

> 这个聚会里,时间自然还是最主要的话题。我们历数着分别的时间,他(按:指张枣)感慨说:"当年我们分别的时候才二十五岁,当我们再见,这正是当年我们父亲的年龄——分别的是我们,但再见的却是我们的爸爸,这是我们爸爸的聚会啊!"

我当时却对这个协会相当陌生,直到1985年3月初,才首次感到它的作用(其实是吴世平一个人的作用),北岛一行(包括马高明和彭燕郊)应吴世平的邀请来重庆,其目的是为了与重庆出版社商谈出版《国际诗坛》杂志一事。

一个春寒料峭的雨夜,彭逸林与傅维陪同北岛和马高明来到四川外语学院张枣昏暗零乱的宿舍。北岛的外貌在寒冷的天气和微弱的灯光下显出一种高贵的气度和冥想的隽永。这形象让张枣感到了紧张,他说话一反常态,双手在空中夸张地比划着,突然发出一阵古怪的笑声并词不达意地赞美起了北岛的一首诗(北岛随身带来的近作中的一首),应该是

《在黎明的铜镜中》，看来张枣还是具有迅捷的眼力，这的确是北岛当时那批近作中一首最富奇境的优雅之诗。可在那匆忙的第一次见面中，这首诗其实是最不好谈论的，它需要在一个只属于这首诗的特别气氛中慢慢细致地被谈起。接下来，张枣也开始行一个诗人通常的见面礼，拿出《镜中》等诗歌给北岛看。"这诗写得不错。"北岛当即赞扬了这首《镜中》。张枣受到了鼓励，逐渐恢复了平静。如下叙述省去，有兴趣的读者可直接读我的另一本书《左边——毛泽东时代的抒情诗人》的相关部分。

时间在1985年的孟春，的确加快了它的步伐。在西南农业大学校园后面，一个具有乡村风味的山坡上，有一座孤零零的农舍，二楼已作为周忠陵的打印室。周是一个特别的人，样子长得不像中国人而像东欧人，他小时候患过小儿麻痹症，造成左腿残疾，走路有点瘸，他当时是一个自学青年，私下拜青年美学家苏丁之父为师，一边靠打字为生，一边学习美学。此外，他狂热地喜欢诗歌，他从认识我之后，结交的朋友几乎全是诗人，如李亚伟、廖亦武等，多得无以计数。一天，我和张枣、周忠陵在这里闲谈，谈着谈着我们决定创办一份诗刊。说做就做，我拟出一个诗歌目录，张枣很快译出荣格的《论诗人》，欧阳江河寄来文章，周忠陵亲自打字。这本《日日新》度过了一个个美的疲劳，达到一本书的境界。

在《编者的话》中，我写下这份杂志命名的经过：

1934年，埃兹拉·庞德把孔子的箴言"日日新"三个字印在领巾上，佩戴胸前，以提高自己的诗艺。而且庞德在他的《诗章》中的断章部分还引用了中国古代这段史实：

Tching prayed on the mountain and
Wrote MAKE IT NEW
On his bath tub
Day by day make it new
　　——*Canto* LIII

汤在位二十四年，是时大旱，祷于桑林，以六事自责，天亦触动，随即雨作。继而作诸器用之铭，曰："苟日新、日日新、又日新。"以为警戒。

1985年孟春的一个下午，我们偶然谈及此事，蓦然感到人类几千年来对文化孜孜不倦的求索精神，顿时肃然起敬。"日日新"三个字简洁明了地表达了我们对新诗的共同看法。我们也正是奉行着这样一种认真、坚韧、求新进取的精神，一丝不苟地要求自己。

我们牢记一句话："技巧是对一个人真诚的考验！"

我们牢记三个字:"日日新!"

这种以技巧的态度来对待诗歌的创新精神是我们当时对诗歌的一致意见。第一期(也是最后的一期)我们有意采取了一个较为保守的面貌,以《镜中》开头,确立一个抒情诗的主调。我们暗藏一个动机:先以传统艺术开篇,然后再亮出先锋艺术。这样的想法很像美国诗人罗伯特·弗罗斯特在其诗《十个米尔》中所说:"年轻时我从来不敢激进,怕我年老时变得保守。"为此,张枣在《维昂纳尔:追忆似水年华》一诗中,将其中的"你"全部改写为"汝",至今看来,这个字有一点拗口,而当时我却赞成这个"汝"字。

同年10月30日,在张枣提议下,庞德诞辰一百周年纪念会在重庆图书馆二楼举行,张枣专门译出了庞德《诗章》的一些片段。

事件频出的1985年随着庞德纪念会的结束而画上了一个句号。新的阳光照耀,我和张枣将怀着某种神清气爽进入下一个(1986)自由的孟春,诗歌之鸟跃跃欲试,拍动双翅,准备重试歌喉,好运气也赶来凑一个热闹。

一个星期天的上午(1986年3月16日),我在黄彦的宿舍随意翻阅一本任继愈主编的《中国佛学史》,其中一段谈到中国古代东汉时期有一些道士被称之为望气的人,其实是指望云的人，他们通过登山望云可以预卜吉凶，厉害的算卜者可以望到几百千米外将要发生什么事变。云层在望气的人的眼里变幻莫测，一会儿呈现兽形云块，一会儿成为皇宫形云块……据记载，当时有一望气高人曾望到过东汉开国皇帝刘秀在布衣时被囚于一间牢房，他本想策动当时的皇上，去那里冲走刘秀正在蕴集的帝王气，但后又放弃此想法。就连范曾也在鸿门宴前夕登高，望过刘邦之气并告知项羽，刘邦帝王之气极盛，不可小看。但项羽却充耳不闻，酿成后来的大祸。这些闪烁的历史片段，加上这关键的出人意料的四个字"望气的人"——它看上去分外新鲜刺激，虽然其实很古老——让我当即感到一首诗正在形成。就在当天，在这个春雨刚过、风和日丽的正午时分，我一口气写成了《望气的人》；接着，又随意浏览一本宋词选，在读完一条相关注释后，乘兴写出了另一首诗——《李后主》。

　　望气是中国的专利吗？早在1888年，契诃夫在俄罗斯也望过气，譬如他望见的空中云彩是如下一番样子："一朵云像一位修道士，另一朵云则像一条鱼，第三朵云又像一个缠头巾的土耳其人。"（见契诃夫短篇小说《美人》，《黑衣修士：契诃夫小说选》，花城出版社，1983年，第106页）1889年呢，契诃夫继续望气（望云）："一朵白云酷似凯旋的拱门，一朵白云宛如一头狮子，另一朵则恰似一把大剪子……"（见契诃夫短篇小说《古谢夫》，出处同上，第230页）而在俄国诗人曼德尔施塔姆看来，空中的云就是"黄金在天空舞蹈"。真巧，正是这句诗使他在中国成为家喻户晓的人物。法国诗人自"我喜欢云……我喜欢行云……"的波德莱尔以来，看云的高手更是层出不穷……譬如勒内·夏尔眼中的天空看上去就单纯得像一只学生书包（见何家炜翻译的勒内·夏尔诗选《遗失的赤裸》中的《爪》，人民文学出版社，2020年，第140页）。

这两首诗让不爱说话的黄彦大为激动，他不停地猛抽他心爱的黄平香烟。当我们正余兴未尽地谈论此诗时，张枣突然从四川外语学院来到我家，他来通知我，他将与一位美丽的德国姑娘达玛结婚（达玛当时是四川外语学院德语系教师，张枣与其相识非常偶然，是因为"非非"诗人杨黎的引见，其中故事在此就不多说了），而"望气的人"一下把他原来的思路打断了。他以少有的惊奇反复打量我突然的"发明"。

并非完全独自研习诗艺，我们也常常陶醉于彼此争胜的试验与改诗的快乐之中。有好几次，我们决定用报纸上的新闻来写诗；还有一次，我们看到了彭逸林所在的重庆钢铁工业学校教师宿舍的白墙上有两行文字：注意关灯，节约用电。他便执意邀我以这八个字（各自）写一首诗。改诗也在我当时的诗歌核心圈子形成风气。张枣争改我的诗，我也争改他的诗,既完善对方又炫耀自己,真是过眼云烟的快乐呀!而我是赞成改诗的,我也十分乐意别人改我的诗。张枣就彻底改动过我《名字》一诗的最后一节,尤其结尾二行,就直接是他的手笔,现引来一观:

> 你的名字是一个声音
> 像无数人呼吸的声音
> 当你走进这一座城市
> 你的名字正从另一座城市逃离

"名字"既是在回答着、也是在追问着一个古老的命题:我是哪一个?敏感的读者,如诗人江涛就读出了这层意思,她说:"读《名字》,又不期然想起《何人斯》……"的确如此,仅"名字"一词便可当场勾起张枣那"何人斯"般的问题意识,随手将此探问稍作变化植入我诗的结尾之中,也是顺理成章之事。不是吗?从《名字》最后一节,你就能完全看出张枣那特有的最拿手的技术——人称变换及角度转动——在我诗中的自然连接。

另一次,他还为我一首非常神秘的诗取了一个相当精确完美的名字——白头巾,他一下就抓住了此诗恐怖的气氛与主旨。可想而知,他对我那时的人生处境及诗歌语境是多么熟悉。时至今日，我仍旧认为诗人之间相互空谈技术理论，还不如直接动手改正一首诗中存在的问题。最好的修改是在他者（即对方）的诗歌系统中——这里指每个诗人都有一套自己的声音节奏及用词习惯，而修改别人的诗首先就必须进入别人的习惯——进行的（这是最有益的技巧锻炼，同时也学到了别人的诗艺），而不是把自己的系统强加于别人的系统；最好的修改不是偷梁换柱的修改，是实事求是的修改，是协助对方忠实于对方，使其书写更为精确。这也是诗人间最完美的对话，关于此点，张枣在其写于1987年的关于《虹》的四句解说，尤其能体现他那种对他者的同情之理解：

> 一个表达别人
> 只为表达自己的人，是病人；
> 一个表达别人
> 就像在表达自己的人，是诗人；
> ……

按中国的说法，"十岁的神童、二十岁的才子、三十岁的凡人、四十岁的老不死"。当时的张枣只有二十四岁，正值才子年龄，锐气和理想都趋于巅峰，还未进入平凡、现实的三十岁,潦倒、暮气的四十岁更是遥遥无期,但他对自己的形象却有相当提前的把握了。他很清楚地知道他是作为新一代高级知识分子的典型形象出现的,这种形象的两个重点他都有:一是烂熟于心的专业知识配备,二是轻松自如的人生游戏。尤其是第二个重点,使他的日常行为表现得极为果断成熟,对于像我这样20世纪50年代出生的人来说,他甚至应该属于超级早熟,他的青春正适得其所,而不像我那代人的青春期被一再推迟,成熟得很晚。这里,我将以几句话来讲一个有关张枣的真实故事:一天深夜,当我在他太脏的斗室谈起一个我的女教师朋友时,他突然很肯定地说:"你信不信,我会让她几分钟内迷上我。"我当时听了,颇不以为然,赌气似的,就让他去一试身手,其结果可想而知,他就这样实现了对我的承诺。但另一点他又与我一样,而不同于其他一些年轻诗人,他一开始就喜欢"今天"派的作品,尤其是北岛和舒婷,即便他并不像他们那样写(这或许来源于他那"传统"的诗观吧)。

他的气质从某种角度说又是旧的,甚至是保守的,但这是他的赏心乐事,也是他自认为先锋的乐事;他有时比我还要旧,他早在二十二岁时就深深懂得了真先锋只能在旧中求得,此外,绝无他途,而我及其他人却要等很多年之后才能真正恍然大悟个中至理。后来,我见过他的一些访谈文章,他仍沉浸在20世纪80年代的浪漫理想中,是一个天生的80年代的怀旧者。对于眼前的新世纪,他有一种恍若隔世的陌生感,深陷于内心并不示人的孤寂中。这种因知音稀缺而产生的孤寂感,早在1988年1月18日,他就在一首诗《云天》里,悲欣交集地抒发过,如下录来此诗的第一节和最后一节:

> 在我最孤独的时候
> 我总是凝望云天
> 我不知道我是在祈祷
> 或者,我已经幸存?
> ……
> 我想我的好运气
> 终有一天会来临
> 我将被我终生想象着的
> 寥若晨星的
> 那么几个佼佼者
> 阅读,并且喜爱。

我常常想,如果可能的话,他也许愿意成为李渔式的享乐主义者,带着他的诗歌梦在明媚的江南、在清朝穿梭云游。不是吗?如我开头所说,在他生命的最后几年里,他已一头

扎进生活之甜里,在美酒与美食中流连忘返。即便如此,我依然坚信,他最后的身体力行,仍昭示着另一个真理:

> 在苦难的欢腾中
> 歌唱着人的不成功;
> 从心灵的一片沙漠
> 让治疗的泉水喷射,
> 在他的岁月的监狱里
> 教给自由人如何赞誉。
> ——W. H. 奥登:《悼念叶芝》

诗歌之鸟已经出发,带着它自己的声音。张枣的声音那时已通过重庆的上空传出去了,成都是他诗歌的第二片短暂的晴空,接着这只鸟儿飞向北京、飞向马克思的故乡德国。一只鸟儿,孤独而温柔,拍动它彩色的翅翼投入广大的人间,那幸福是多么偶然……天空是多么偶然……

今天,当我们再一次面对当年这位不足二十二岁(当时离他生日还差两个月)就写出《镜中》《何人斯》《苹果树林》《早晨的风暴》《十月之水》,以及稍后,即二十三岁半时,又写出《灯芯绒幸福的舞蹈》《楚王梦雨》的诗人来说,张枣所显出的诗歌天赋的确是过于罕见了,他"化欧化古"、精美绝伦,简直堪称卞之琳再现,但在颓废唯美及古典汉语的"锐感"(锐感一说借自叶嘉莹论宋代词人吴文英的一个观点)向现代敏感性的转换上又完全超过了卞之琳,而且,须知,他当时才仅仅二十来岁呀,以如此年轻的形象,就置身在了超一流诗歌专家的行列(指现代汉诗范围内),又简直可说是闻所未闻(至少对我来说是这样)。直到今天,我仍难以相信并想象他已离我而去的事实。我依然对他满怀信念,耳畔老响起他早年的一小节声音:

但是道路不会消逝,消逝的

是东西;但东西不会消逝

消逝的是我们;但我们不会

消逝,正如尘埃不会消逝

——张枣:《一首雪的挽歌》(1988.11.21—11.22,德国特里尔)

他或许已完成了他在人间的诗歌任务,因此,在他生命的最后几年里,他干脆以一种浪费的姿态争分夺秒地打发着他那似乎无穷的光景。新时代已来临,新诗人在涌现,他在寂寞中侧身退下,笑着、饮着,直到最后终于睡去……

对于更年轻的诗人,张枣是一直留心着的。记得我1997年在德国对他谈起诗人杨典时,他就极为关注,并且立刻向当时还在日本的杨典发出召唤,向他约稿。另外,我曾在网上读到过张枣写给诗人王敖的一封英文信,其中一句话给我留下深刻印象,他说他在王敖身上看到了他自己青年时代的身影。

对于他晚期的饮食起居及诗艺思考,我暂不作过多评论,在此仅引来他人生中最后一段文字以启发我们的联想,且看看这位旷世诗歌奇才("奇才"一说借自北岛论张枣的一个观点"张枣无疑是中国当代诗歌的奇才")的最后愿景是何等的轻逸而美丽:

> 而我还不想睡,便独饮着。忽然想起自己几年没写诗了,写不出,每次都被一种逼仄堵着,高兴不起来。而写诗是需要高兴的,一种枯坐似的高兴。好像弗罗斯特(Robert Frost)也有同感:从高兴开始,到智慧结尾。或者可以说:从枯坐开始,到悠远里结尾。想着这些,觉得这暗夜,这人世,都悠远起来,觉得自己突然想写一首悠远的诗,讲一个鲁迅似的"幽静美丽有趣"的"好的故事"。(张枣:《枯坐》,《张枣随笔选》,人民文学出版社,2012年,第6页)

但一切都没有等得及,那"悠远的"时间似乎刚开始就结尾了。但我此时仍笼罩在他那年轻影像的幻美之中,我要说的是:极有可能由于他的早逝,由于这位杰出的诗歌专家的离场,我们对于现代汉诗的探索和评判会暂时陷入某种困难或迷惑,张枣带给我们的损失,至少目前还无法评估。

2010 年 3 月 10 日—4 月 19 日于成都
2019 年 9 月—2021 年 2 月修订

辑二 涓涓细流忆张枣

随　笔

　　人命不可永在少年时,黄昏星无论西东好可悲。一日偶读到念枣诗(汉乐府,《咄喑歌》),兹录如下:枣下何攒攒,荣华各有时。枣欲初赤时,人从四边来。枣适今日赐,谁当仰视之?

　　歌乐山下四川外语学院校园内,我们曾见过的那株1984年秋夜的幼树,在你死后仍继续活着……

　　真不巧,我是1983年9月初的一天遇见你的,当时你书刚读完,欲入眠……正午,重庆烈士墓旁的四川外语学院,乌云低压,秋雨沦落,整个学校同时进入了午休时间……真不巧,你偏爱的叶芝也已睡去,幽暗的欧洲,明亮的森林,在哪里呀?好像就在歌乐山中。我很快就要去西南农学院。

　　那来自波斯的安息香树亦呼辟邪,树长青,二月开黄花;我想到你《何人斯》——写于1984年秋冬之际,重庆歌乐山下——中一句诗:"二月开白花,你逃也逃不脱……"

长夜里，晴空下，镜中——他二十二岁，就被选为 21 世纪最后一天的谢幕人。我曾在一首诗中这样写到。

"镜子，镜子从不停止工作，甚至在无人照它的时候。"（W. 辛波斯卡）是这样吗？椅子在无人坐它的时候，停止了工作吗？当我说椅子在休息，那意思也是要说镜子在休息，无风之树在休息，世界在休息。它们都没有工作。但椅子已神秘地坐进了冬天，你在德国写出了它（见张枣的诗《椅子坐进冬天……》)。

庾信赋里的镜子："镜乃照胆照心，难逢难值。"（胡兰成：《今生今世》（下），天地图书有限公司，2013 年，第 163 页）

"里尔克始终是一位镜中诗人：在艺术的镜子中观照自我的影像……"（拉尔夫·弗里德曼：《里尔克：一个诗人》，周晓阳等译，华东师范大学出版社，2014 年，第 651 页）你同样是一位"镜中诗人"。推而广之，所有诗人都是"镜中诗人"。譬如博尔赫斯，一生写镜子无数，他理所当然是一个世界级的"镜中诗人"。

说来真是神秘，你在临近二十二岁时写出《镜中》，成为古今中外最年轻的"镜中诗人"。至于"生涯在镜中"的唐朝诗人李益，我还将在后面的诗歌《忆江南：给张枣》中谈到。

刚一读到舒丹丹翻译的米沃什一首诗《1880 年重返克拉

科夫》最后二句:"获得?失去?/又有何不同,如果这个世界终会将我们遗忘",耳畔就响起了你生前某次电话中的声音,你当时正与我谈论着某个人——"He is an obtainer. I am a loser."是的,这一点我经常说,怀念一个人就是怀念一个人的声音。

接着,我感到了你(还有画家张奇开)有一种在异国寻找桃花源的悲哀……一百年的桃花源……够吗?桃花源——"哪儿我能再找到你?"(见张枣诗《桃花园》)

毕业于图宾根大学的诗学博士苏桑娜(Susanne Goesse)谈论你:

> 突然,你爆发出笑声……这是德国的一个特产:森林散步。你在路上不停地说话,点燃一支支的烟。就这样走啊走啊,没有目的,也没有思想,回环往复……10月,我没有发疯。你又失去了平衡。中心是这样快就失去了。来去折腾,抽烟,享受是短暂的安静点……你的耐心和牺牲精神,带着一点南方……你将语词从这颗星星扔到另一颗星星,你在词语的链线上舞蹈,你在恐惧上舞蹈,你在切割上舞蹈。你在自己的轴心上转动,你在自己的中心转动,我听到了你的笑声:方向不可确定,是你的天堂方向。我奇怪的肺,像孔雀开屏。你在南方

画了一条从星星到星星的线,你画了一只孔雀。南方的星座,你的南方。孔雀的星座带着变幻无常的星星,不断变幻的星星。那将令你喜欢。它们会随心所欲变换自己的光线。没有规律,不可测量。我听到了你的笑声……(苏桑娜·葛塞:《风的玫瑰——致张枣》,芮虎译,《张枣随笔选》,人民文学出版社,2012年)

又是许多年过去了,我再次听到苏桑娜来自南德的声音——"它们将你带回夏天,南方的回忆之中。"是的,到那时,无论西东,你点铁可以成金,张口便是大海,鸡犬也会升天。

巧得很,有一天起床三小时后,我又读到契诃夫的一句名言:"俄国人要过了半夜才能进行真正的、推心置腹的谈话。"我看中国人也差不多是这样。难道不是吗?中国式的谈心从来都是发生在夜半三更的。这正是"昼短苦夜长,何不秉烛游"。只可惜不论是你还是我,都不能活在这美好的时光了,我们彻夜长谈的岁月早已一去不复返了,我们在北碚西南师范大学校园内的"绝对之夜"早在三十五年前就结束了,后来它去了哪里……

孔雀!多么惊人!孔雀在雷声中怀孕,它叫起来像婴儿在哭……它让我想起我们各自的童年:幼时我们总要养些东西吧,譬如1968年,我就养过蚕、小鸡、洋虫、热带鱼。那时,日光灯下的蚕儿胖得发亮乌青。小鸡三只,安睡于黑夜楼道里的背筐。闪烁暗红的洋虫,在玻璃瓶里打通了枣子的隔墙。热带鱼,水中的珠宝,孔雀的彩翼呀!

你喜欢的美国诗人史蒂文斯将听到孔雀的叫声,他将感到恐惧。

后来,我观察过神秘莫测的孔雀:注意,孔雀专啄鲜艳者,切莫穿彩衣在它面前走。注意,孔雀与蛇性交后,其血最毒,可当场杀人。注意,孔雀病了懒开屏,就喂它良药——铁水。孔雀在越南甚至可以当老师,在印度可以建立一个王朝!

2010年3月8日,你死于饮酒之"孔雀肺"……"孔雀肺"(一个有关疾病的隐喻)是你在诗歌中一个神秘的创造(最早出现在你写的《卡夫卡致菲丽丝》这首十四行组诗里的第一首"我时刻惦着我的孔雀肺"),而创造一种风格就是创造一种疾病法则。譬如"梅毒"创造了梅兰芳,"鱼口"创造了余叔岩,"白带"创造了白牡丹,"伤寒"创造了韩世昌……"孔雀肺"创造了张枣。

前读"肺枯渴太甚,漂泊公孙城"(杜甫:《同元使君春陵行》),今读"肺病不饮酒,眼昏不读书"(白居易:《闲居》),后又读到一连串白乐天的病肺诗,随手再录来几行:

肺伤虽怕酒，心健尚夸诗。

　　病肺惭杯满，衰颜忌镜明。

　　闲游日久心慵倦，痛饮年深肺损伤。

　　眼昏久被书料理，肺渴多因酒损伤。

　　……

　　话包子易得肺病。极度渴望得到赞美的人也易得肺病。谁说的？我想不起来了。但下面这句话我倒是记得，契诃夫曾经对一个老是担心生病的神经质的妇女说过："我看，一个人只要肺好，他就没事。"

　　"别抽烟，千万别抽……用心去感觉青春的活力。"（参见柏桦《妈妈》）

　　我又想到1984年早春，你，一个轻逸的 chainsmoker（一根接一根的抽烟者）。依旧是1984年前后，记得良友牌香烟曾大行其道，你当时酷爱吸这个牌子，两元左右一盒。等等，让我再想想，对了，是1985年早春，此去经年，那些事都不记得了，唯记得有一件事：在重庆上清寺，我们抽良友香烟。

三十二年后的2016年11月2日,我在《谁灯灭谁人死》这首诗中写到这个牌子的香烟以及我们狂抽这种香烟的情形:

一种西南销魂如良友香烟

的味道,我们的青年时代如

初写诗者走在道路的左边。

意犹未尽,再写一份香烟往事(提纲):

一日在网上浏览,突遇7788烟标收藏网,看到好多烟盒的竞拍价,如黄金叶香烟盒起拍价10元,红炮台为70元,劲松为5元……

而嘉陵江牌,我下乡当"知青"时最爱抽的香烟牌子,当时售价1角2分一盒,如今它的烟盒拍卖价知多少?且看中国收藏热线所提供的行情:品相:9品,数量:1件,价格:200元,运费:EMS22元,其他快递15元,挂号信5元,挂刷5元,可直接订购。

以上情形,让我怀念起一些1970年代的香烟牌子及其价格:经济牌,8分一盒;劲松牌,1角5分一盒;嘉陵江牌,1角2分一盒。如下红炮台牌至遵义牌的价格待查(或望知情人如诗人杨典等补充):红炮台、黄金叶、光荣、朝阳桥、飞马、大重九、恒大、红双喜、牡丹、大前门、中华、凤凰、白金龙、遵义。丰收（1978—1982年，我在广州主要所抽香烟牌子，价格2角左右一盒），良友！你当时酷爱吸的香烟啊，"真是香！"你说过。

三城分别如下：贵阳，凉风习习，山水寂寂，崇拜西方的狂人总是出在这里。长沙有古风，湘江之阴，大橘树焉，流霞杯泛曙光红，化蝶人变化鹤人。成都呢，小巧玲珑，夫妻肺片……爱搞装修的摄影男人总是最不自然。三城之中，重点看长沙。

Respectively（各自），每当我看见这个词——今晨（2013年7月21日）我又偶然在一本书中碰到了这个词——我就会想到1984年5月的一个下午，和你在重庆四川外语学院你的宿舍里，你边和我说话，边在几分钟内就写完一封正式英文书信的情景。

年轻的你走在歌乐山的斜坡上，生活还长得很，仿佛有一亿年等你去走。让我再一次沉入那一段斜坡吧！在重庆歌乐山最美的那段斜坡上，我总是想起法国诗人瓦雷里那年轻命运女神式的纯粹斜坡；想起古巴县那些寂静的农舍，小青烟式的穿堂风从梨子树叶间吹过；吹过了多少风？不歇地在吹……它吹着1960年代灯芯绒幸福的舞蹈，吹着两个年轻诗人的身体，吹着我们如此热爱的幻觉——迎向斜坡之风。

斜坡的美很难被发现，但还是一代又一代，总会有几个诗人神秘地写到它,我就无数次地写到它。而一说到斜坡,我也会想到年轻时代的你,那时我总和你沿着歌乐山或北碚的斜坡进行无休无止的散步……

> 雨中的步行者,焕发的斜坡
> ……
> ——柏桦:《我歌唱生长的骨头》

> 正午还会结满果实
> 我们走过的斜坡还在那里
> ——柏桦:《忆江南——给张枣》

> 感觉即呼吸,永恒恰之于一秒
> 之于北碚早春阴天的一个上午
> 之于西师夜色下那道斜坡吐露!
> ……
> ——柏桦:《乡愁》

后来,我于2017年初春去了新加坡,一到达南洋理工大学的校园,我第一时间就感到了那命运的斜坡,令人感怀的生命的斜坡!斜坡在校园里起伏,美丽极了!突然,三句诗

静静地逸出:

> 平缓的斜坡、草地及雨树……
> 井里天空小,杯里天更小
> 南洋三刻钟,河汉小不小?

而在我的另一本书《白小集》(安徽教育出版社,2018年)第328页中,我对重庆的斜坡依旧念念不忘:"三百年后,嘉陵江大桥还在不在,他不知道;枣子岚垭的斜坡还在不在,他也不知道。"

2019年11月29日,我甚至写到了挪威的斜坡:

> 春天的苹果树下,山峰的白雪下
> 有一个蓝色国家带来斜坡的远思——
> ——柏桦:《爱在说话》

2020年1月10日星期五,我在李立扬的《脱衣》里读到了一句诗:"死亡的偏见,我们生命中每一分钟的斜坡。"

2020年3月14日,我在写《曼德尔施塔姆来信》时,突然写到了胡志明以及东方斜坡:

关掉电风扇，受够了，胡志明

你儿童般的形象来自东方的斜坡

可"河流不能令一座矗立的塔倾斜"。

为什么在写有关曼德尔施塔姆的诗歌中会写到胡志明？这是很有意思的，顺便说一下，读《索尔·贝娄全集》（河北教育出版社，2002年）第十四卷第125—126页，发现一件趣事：1923年，曼德尔施塔姆在采访第三国际时，见过胡志明。后来，他这样为我们描述了胡志明："从心理上说，他还是个男孩子，柔弱单薄，身上炫耀着一件针织毛料上衣。"男孩子？！那时，胡志明已经三十三岁了。但考虑到亚洲人个子小，常常让人（尤其是西方人）看不出实际年龄，因此，胡志明的男孩形象还是可以理解的。

2020年11月1日，我再次写到重庆的斜坡：

在南方，

重庆斜坡具有专家般的专心

……

——柏桦：《我们已决定为他放血！》

真巧，刚刚我在刘楠祺翻译的埃德蒙·雅贝斯的《问题之书（下）》（广西师范大学出版社，2020年）第154页中读到了两句诗：

> 人是一切，造物主是虚无。此即难解之谜。
> 滑向虚无，永恒的斜坡。

在中国，哪个地区的人最喜欢走路？重庆人；春夏秋冬，无论老幼男女，他们就这么一天到晚走着，他们走，不是因为流连光景，而是性急，急什么？鬼知道。

在俄国呢？还用说吗，当然是彼得堡人最爱走路（有关此节，可参见布罗茨基《小于一》，浙江文艺出版社，2014年，第72—73页）。顺便说一句：茨维塔耶娃也是一个动辄喜欢走路的人，她也是一个性急的人。1916年3月的一个夜晚，她和曼德尔施塔姆在莫斯科红场散步：

> 夜晚打从钟楼走过，
> 广场催促我们急行。
> ……
> ——茨维塔耶娃：《莫斯科吟》

性急的人不爱坐车反爱走路，这是一个铁律。吴世平爱走路，他也急得很……还有你那德国式的散步……你还记得重庆缙云山下，歌乐山中吗？1984年早春，我们的友谊就从这个德国特产——森林散步——开始了。

你年轻时最爱的运动就是不停地散步，这也可以说是你一生的三大爱好之一，其余两大爱好是写诗和吸烟。你要么独自一人，要么邀约一位朋友作长时间的散步。你的这种散步从长沙直到重庆，后来又延续到德国，并加入了德国式森林散步。这种散步导致你写出许多诗歌，其中就有一首名篇《在森林中》。

再后来，你还在北京走过，常陪同你实行这种德国式散步的人是你的学生颜炼军博士。（有关"散步"的更多谈论，有兴趣的读者可去读我的专文随笔《散步》（《蜡灯红》，广西师范大学出版社，2017年，第158—160页）及我写的多首散步诗。）

近日（好像是2012年春）上系列录像课程，收尾时，专辟一讲，题目为：诗歌之轻——以张枣《镜中》和杨键《故乡》为例。此讲座开篇就以尼采的"轻盈论"定下基调："轻盈是我美学理论的第一原则"（尼采语，出处一时找不到了，待查）。这真是一件有意思的事，特别记下备忘。顺便说一句：为准备此讲座，我还偶然重新发现了这个世界上最轻逸的诗——《书事》（王维），现抄录如下：

轻阴阁小雨，深院昼慵开。

坐看苍苔色，欲上人衣来。

我一读到"我的全部是一只水果"（纳博科夫），我就立刻想起了你写下的系列水果：《苹果树林》；"我病中的水果"（《秋天的戏剧》）；"半只剥了皮的甘橙"（《风向标》）；"樱桃核"（《祖国丛书》）；"一只醉醺醺的猕猴桃"（《地铁竖琴》）；"红苹果"（《空白练习曲》）；"几只梨儿"（《云》）；"几颗话梅核儿"（《大地之歌》）；"剥橙子"（《高窗》）；"经典的橘子沉吟着"（《断章》第七首）；"谈心的橘子荡漾着言说的芬芳"（《跟茨维塔伊娃的对话》第八首）等。一定还有一只"烤熟了的橘子"或"报废了的橘子"（这是他平常爱说的话），但我翻遍你的诗集都没有找到；再等等，我不觉要惊叹：死真长，那只橘子在哪里呀？终于"另一封信打开／你熟睡如橘"（张枣：《哀歌》）。

你那时还没有谈及橘子，也没有写到橘子。在我记忆中，你第一次对我谈论诗意的橘子是1987年冬天某一天中午，当时我们正坐公共汽车途经重庆上清寺。

冬天，既有丰满的橘子，宜于烤着吃，也有干瘪的小橘子，宜于放在桌上看。好像你对我谈起了这一节。

橘子宜于梁朝，因梁朝是红的；也宜于唐朝，因唐朝黄得华丽，杜甫作《病橘》，白居易作《拣贡橘书情》，皮日休作《早春以橘子寄鲁望》。橘子当然也宜于你的诗，灯光下的红橘自有一种青春的好意。橘子使你平静吧……而柚子使脸年轻。苹果——减肥。

湖南是橘的故乡——"洞庭之阴，有大橘树焉，乡人谓之'社橘'。"（见李朝威《柳毅传》）但也有人认为，山中橘，唯有徽州的好看。你觉得呢？而我一读到"人家橘柚间"，我就会想到徽州一户人家的住房。想到杜荀鹤的一句诗：有园多种橘。

一行禅师在谈论《萨婆诃》时也说到橘子，这些说法也使我想起你：

> 昨天，在我们的静修活动中，我们举行了一个橘子会。每个人发了一只橘子。我们把它放在手掌上，注视着它，正念呼吸，橘子就会慢慢地变得真切起来……
>
> 我们开始专心地剥橘子，闻它的清香。我们小心地取下每一瓣橘子，把它放在舌头上，我们能够感觉到这是一只真正的橘子。我们在完全的觉照状态下吃每一瓣橘子，直到吃完一整只。这样吃橘子是很重要的，因为橘子和吃橘子的人都变得真切起来了。（一行禅师：《与生命相约：一行禅师佛学讲演录（上）》，中国国际广播

出版社，1999年，第197页）

风中的橘子，森林中的课本……橘子还要继续找吗？直到2019年3月，我写《偶遇琐记》时，又一次说到了橘子：

> 橘子真实，
> 因为吃它的人专心。
> 不专心吃橘子，
> 橘子就是假的。
> 橘子是真的，
> 吃它的人也是真的。

何谓年复一年？何谓全凭感觉？人手是旧的，而橘子是猩红的。而岁寒橘胜蜡梅花。有关橘子，由于你喜爱，在此稍作扩展，多说一些：

橘之谱系遥遥，可追至宋代韩彦直《橘录》。种橘忌用猪粪。冬时，以河泥拌狗粪壅其根，也以稻草裹其干（避寒，闽粤之地除外）。遇旱，以米泔水浇淋，根下埋死鼠。藏橘于绿豆内，至夏不坏；若入米，尤其入糯米，即刻烂掉。好橘多多，不记了（其实一字未记），这里，单写一个最下品——油橘——示众。

橘子，连英国生物化学家和科学史学家李约瑟也注意到了，他在《中国科学技术史》第六卷第一册里有专门的谈论，他发现橘子这种水果最早在《书经》里有提到，起源于公元前800年左右。"我们可以十分肯定地说，这些橘树的家乡与生长地是在喜马拉雅山的东麓及南麓。这个事实可从中国种植橘树的地区、有多少流传的种类，以及从中国文学作品里非常早提到橘树而得出。"

日复一日，人们照常吃橘子。可在世界末日，男人吃橘子却有些不同了？且让我们来看一个巴西诗人内托（João Cabral de Melo Neto）怎么说的：

> 在一个忧郁的世界末日
> 男人们读着报纸。
> 男人们对吃橘子无动于衷
> 它们像太阳一般鲜艳。

而你曾短暂喜欢过的诗人聂鲁达也发出过这样的疑问："橘子如何分割橘树上的阳光？"

听，另一个南美诗人，他来自墨西哥，他说：

> 一天，圆满的一天，

闪光的橘子，分成二十四瓣，

将它们贯穿的是同一种黄色的甘甜！

——帕斯:《狂暴的季节》

日常的平凡的橘子，我突然想起了在某本书里读到过的一则有趣的对话，说的是1922年某一天发生在上海浦江饭店的事，有个上海老妈子来给一位美国小姐做按摩，她一进房间，眼睛就盯上了桌子上的一盘水果。

"小姐要吃橘子吗？"

"现在不要，谢谢。你想吃橘子吗？"

老妈子很喜欢吃橘子。小姐这一直都有橘子，但从来不给老妈子。老妈子就是看看。小姐也不可以说老妈子想要吃橘子。

今天午餐没有橘子，我发现桌子上有两盘苏帮菜，很有形式感。在此，我要特别为喜欢美食的你指出来：一盘鱼，鱼嘴残忍；一盘鳝，鳝丝优雅。而"重庆裔"的德国画家张奇开却说他更喜欢湘菜。

我听到了聂鲁达的声音："或者你手中捧着的一堆橘子"——"再会啦，手表或橘子的每一道光芒"。

橘树园——这三个字真好看（古人好橘：屈原作《橘颂》，东坡喜种橘），尤其在一个干净冷清的钢铁厂见到。2014年2月我还写了一首诗《小学》，其中这样写到橘树：

重庆钢铁厂的星期天多么清洁！
劳动悠悠，橘树悠悠，风悠悠

精致橘子，逸乐橘子，发条橘子……"艳紫凌朱，飞黄妒白"……土要土得掉渣，洋要洋得夺目。橘子的细丝闪光，时间的红与白！

儿女灯前事，能消几两命？碧山无事人，手种小红橘。由橘子树，我想到阴天的树并非都好看，棕榈就难看；阴天什么树最好看呢？橘树之外是松树。

天有清明，地有坟场。蚌有珠泪，人有眼泪。路边两高坟，伯牙与庄周；走来两女人，豹纹与橘红！

一天，偶读巴什拉《梦想的诗学》（生活·读书·新知三联书店，1997年），在第197页，竟然见到里尔克的一句格言："跳橘子舞吧！那光芒橘子！"

1997年11月的一个上午，你和你的大儿子张灯与我和画家张奇开相逢于图宾根山间一个小火车站，接着是游历和晚间朗诵，接着是第二天匆匆的告别。这次一天一夜的会面立刻就成为我们的往昔和回忆……也有一件趣事,我当时颇为一根不太好用的鞋带焦虑,而你很轻松随性地就从商店里一双鞋上取了一副鞋带递给我。生活就是这样平常、简单、如意,我们都感到了快乐。

这一天,我在德国图宾根城内还见到如下情景:一个疯子演讲,一个学生喝水,一对老苏维埃人在深秋的图宾根街上没有沉默……那俄国男人在市政厅的屋檐下拉着单调忧伤的手风琴,那俄国女人在歌唱,她抒情的声音被南德深秋的天气环绕。张奇开送上一枚五元硬币。

补记一句:这一对演唱者身边除了三个中国人(我、你、张奇开)以外,便无任何人了。

再补记一首曼德尔施塔姆的诗《手风琴》(汪剑钊译):

> 手风琴,悠长的咏叹调
> 哀怨的歌声,废话——
> 恰似丑陋的幽灵
> 在惊扰秋天的树荫。
>
> 为了让那支歌曲顷刻
> 晃动起静止河水的懒惰,
> 请以朦胧的音乐

去笼罩感伤的波浪。

多么平常的一个白昼!
多么不可能的灵感——
脑子有根针,我徘徊如影子。

作为解脱,我多么希望
向磨刀工的燧石致敬:
流浪者——我,喜欢运动……

  分类随手开始:胡须——先知,佛陀——无须;苹果树——西方,苹果树——张枣;大海——西方,观沧海——中国。而其中苹果是你早期喜爱的水果,你在1984年写过一首很有名的诗《苹果树林》。"离光丽景,神英春裕"的苹果树林还在吗?正午还在,那修长的刀片去了哪里?2010年春,人间依旧,梅花刚谢了,燕子从南德的黑森林起飞——
  燕子的样子其实很丑,但它飞起来就是所有飞鸟中最美的。雨燕为什么偏爱住在教堂、农舍或军营?顺便一问。
  胡兰成在《今生今世》开篇《韶华胜极·桃花》里说:"……我在人世亦好像那燕子。"不知为何,我每读到此句,想到的都绝非兰成先生自己的形象,而尽是你年轻时在重庆

的模样。另外,你在诗中非常爱写到燕子,燕子第一次正式出现在你的《老师》这首诗中:

> 当燕子深入燕子,
> 当舞蹈在我心田初夏般发痛,
> 我要脱下鞋,提着灯,
> 跟你一道,老师
> 跟你一道珍藏在风暴的正中。

他甚至在轻快的时候,会情不自禁地哼唱几句"小燕子,穿花衣,年年春天来这里……"顺便说一句:燕子,也是俄国诗人曼德尔施塔姆喜爱的意象,在其诗歌中反复出现。

后来,你也爱写鹤。鹤导引着风雨……

在吾国,谈论长寿就是谈论鹤;在西方,谈论天气就是谈论鹤;在诗里(古诗除外),唯有你懂得如何谈论鹤。你在诗中无数次地写到鹤,譬如那首惊心动魄的《大地之歌》,一开篇就是如此惊心动魄且又庄严宏大:

> 逆着鹤的方向飞,当十几架美军隐形轰炸机
> 偷偷潜回赤道上的母舰,有人

心如暮鼓。

在小说《农民》里，契诃夫谈论了鹤的哀鸣："鹤飞得很快很快，发出哀伤的叫声，声音里好像有一种召唤的调子。"（见汝龙译《契诃夫小说选（下）》，人民文学出版社，1982年，第669页）怎么说呢？读到这儿我就懂得了，你为什么会爱上那座突然变得年轻的寺庙。唉，还有她年轻的眼泪呀，它是很热的，千纸鹤……

蒙塔莱（Eugenio Montale）的《雨中》：

我了解了那果敢的鹤

自雾峰升翔

飞向Capetown

而古诗中，写到鹤的就太多了，最常见的如刘禹锡"晴空一鹤排云上"……而我最喜欢的则是白居易《代鹤》中这两句：我本海上鹤，偶逢江南客。826年冬，白居易和刘禹锡在扬州玩鹤一日……"养鹤换马"只是白居易生活中众多亮点中的一个。妾、石、鹤、马、酒、歌——白居易日常生活的丰富性……

一读白居易《代鹤》这两句诗,让我立刻想到的必然是你的音容笑貌!也想到一个可爱的画面:老鹤鸣于树荫,小鹤加入合唱。

再写两个极其抒情的画面:千里别鹤,泪有余辉。(出自吴均《与柳恽相赠答六首》,其中两句:别鹤千里飞。落泪有余辉。)人间化鹤三千岁,海上看羊十九年。(黄庭坚:《次韵宋懋宗三月十四日到西池都人盛观翰林公出遨》)

且看鹤年:鹤生三年,头顶变红;七年,羽翼丰满;十年初开口,晨夕试唱;三十年,鸣音畅谐,弄影起舞;三十七年,大毛落,氄毛生,细毛如雪或如墨;一百六十年,变化停止;一千六百年,形容固定,仅饮水绝不食,宛若重回母腹的胎儿。(按:改写自《花镜》)

我一读到马鸣谦翻译的奥登《战争时期——十四行组诗附诗体解说词》之四中一句"诗人为之悲泣,在他身上看到了真理"(按译者的解释,诗中的"他"指农民),不知为什么,我立刻就想到另一个主题:你翻译的华莱士·史蒂文斯《徐缓篇》中极其著名的一句"在每个诗人身上都有一点儿农民气"。换句话说,有点土气的人更适合当诗人。殊不知芥川

龙之介也说过类似的话："志在舞文弄墨者无论是怎样的城里人，其灵魂深处都必有一个乡巴佬。"（见芥川龙之介《侏儒的话》）

赫塔·米勒在2009年诺贝尔文学奖获奖演说的第一段中说："直接的表示会让人难为情，不是农民的作为。"为什么？难道每个农民都是敏感害羞的诗人？都倾向于做隐晦曲折的表达而不会直接说大白话？

大美人嘉宝也有点农民气，谁说的我忘了。而谁又说过柬埔寨森林里石佛的面容像极了嘉宝。

大地欢喜，因从天而降的"钱币雨"？早晨的风暴欲唤醒那歌乐山下的诗人。

我依然记得这难忘的一幕：我和你与德国文学翻译家杨武能见面交谈时，杨武能不停地用一把小剪刀整整齐齐地剪一张小纸。从杨武能的副院长办公室出来后，你敏锐地对杨武能教授的手上动作进行了评价，指出杨武能这一神经质的动作相当富有诗性。

二十九年后秋天的一个破晓，我刚在一本书中读到这样一句话——"每一个较长的过程都由很多小举动构成"（见赫塔·米勒《眼睛在眨的时候欺骗你》，《镜中恶魔》，江苏人民出版社，2010年，第239页），就马上又回到了这一幕，即杨武能剪纸动作这一幕。

人的手上小动作，是一个长期引起我兴味的题目，事有凑巧，很快我又读到有关"小动作"的一节。那是1950年9月28日，胡兰成初抵东京时写给香港唐君毅的第一封信："……我是荷叶里的一颗露珠，可以捧了走到人前，要献给世人的……我自己好像是没有一定的性别的……我思念朋友，都只是思念一些小的动作，完全没有想到思想和事实这种大关键上头去。"（薛仁明主编，杜至伟、顾文豪笺注：《天下事，犹未晚——胡兰成致唐君毅书（八十七封）》，尔雅出版社，2011年，第23—25页）

你手上的小动作非常丰富，极富诗意。譬如你不仅自己常做一个动作——先握紧拳头然后突然松开，如是反复多次；而且有时，你也会注意到我也偶尔要做这个动作。你说这个手上动作可以祛除疾病。

再后来，我还专门于2019年1月16日写过一首诗《妈妈的动作》，现特别抄来：

> 如何捏着面包她都很在意，
> 不让一星半点渣子落胸前，
> 她最讲究斯斯文文地用餐。
>
> ——乔叟：《坎特伯雷故事集》

妈妈爱干净的手指

愈老愈不停地摸索

来，让我们一起数

这身边永恒的小东西——

桌子面前的小渣渣

棉袄袖口的小颗颗

洋瓷碗沿的小点点

沙发绒垫的小丝丝

人的生活一刻不停

动作也就一刻不停……

动作真影响了生活——

一些用于开始生活

一些用于结束生活

"我的生活在哪里？"

一些喋喋不休的妈妈

不诉苦就没有痛苦。

  人为什么写作？世间多少人说过其中原因。看来看去，还是你说得最好："写，为了那缭绕于人的种种告别。"（见张枣写于1994年的诗《祖父》最后一句）

"孤独中我沉吟着奇妙的自己。"你写出的这一句（见张枣《卡夫卡致菲丽丝（十四行组诗）》第五首），与其说是卡夫卡的形象，不如说是他自己的形象。

你的《哀歌》和特朗斯特罗姆的《悲歌》（我打开第一扇房门）可以对照读。我还记得1997年11月的一天，我从柏林去图宾根看望你，当晚，夜深人静时，你从书架上取下一册特朗斯特罗姆的英译诗集为我朗读并讲解《悲歌》的情形。

多么令人惊奇的一句诗："那枕下油腻的黑乳罩……"（见张枣《空白练习曲》（组诗））。"油腻"是中国器物的一个典型特征，张爱玲在《异乡记》里不厌其烦地反复写到。其中最有名的一段是写那油腻的枕头："那脏得发黑的白布小枕头，薄薄的，腻软的小枕头，油气氤氲……如果我有一天看见这样的东西就径直把疲倦的头枕在上面，那我是真的满不在乎了，真的沉沦了。"（张爱玲：《异乡记》，北京十月文艺出版社，2010年，第81页）还用说吗，写出就是警惕，就没有沉沦。张爱玲如此，你也是如此，你们写出了"油腻"的人生，就解脱了自己。

2012年春我也写出了一首和油腻有关的诗——《中国厨房》：

中国厨房是黑暗的，

不仅灶台是黑暗的，

>连铁锅也是黑暗的。
>
>那黑暗的洗碗帕呢，
>
>一年四季永远都是
>
>湿漉漉的，油腻腻的。

你对"湿漉漉的，油腻腻的"的高度敏感和警惕，还可从一件具体的事情上看出来。记得1997年我刚到德国时，住在柏林文学馆三楼的房间，一楼是一个开放式的大厨房和餐厅。一次我吃完饭洗完餐具后，就立刻把餐具放回了橱柜。你见状马上把我收好的餐盘取出来用干爽清洁的大毛巾擦干，然后再放回去。并对我说，在西方，餐具洗好后一定要擦干，绝不能像在中国那样洗了碗不擦干就湿漉漉地放回去。

2013年5月17日，我意犹未尽，又写了一首小诗《油腻腻的》，向早于我写出"油腻腻的"的你和张爱玲致敬：

>枕头是油腻腻的
>
>席子是油腻腻的
>
>毛巾是油腻腻的
>
>杯盘是油腻腻的
>
>抹布是油腻腻的

黄脸是油腻腻的

马桶盖是油腻腻的

……

灶台窗户书桌板凳

白菜萝卜蚕豆香瓜

春天夏天秋天冬天

南方北方西方东方

甚至于天空和大地

一切都是油腻腻的

连空气也是油腻腻的

让我们来看看你的三种生活。注意！这不是你的一贯生活，只是一小段特殊的生活。你一贯的生活是美丽的绝非可怖的：

第一种生活——"我宁愿终身被舔而不愿去生活"。（见张枣诗《祖国丛书》）

第二种生活——"我会吃自己，如果我是沉默"。（见张枣诗《夜半的面包》）

第三种生活——"我的尸体为我钻木取火"。（见张枣诗《空白练习曲》（组诗））

再说一遍！以上三种生活显然不是你主要的生活。这是一个突然的你在过一种突然的生活，即转瞬即逝的吃苦反甜的生活。为什么会这样呢？一生热爱甘甜的你也会吃苦？无须多作解释，我只是想在此告诉读者，你也有突然激烈的一面。不过，我们常常也认为痛苦有时是另一种快乐。

当然，众所周知，"甜"仍然是你一生的关键词，颜炼军对你做的一篇访谈文章的标题就是"甜"。

颜炼军一直在寻找你的佚诗与译诗。有一天他甚至打电话问我有关你早年翻译过的庞德的一些诗。我当然知道那批译诗，那是你为举办庞德诞辰一百周年纪念会而专门翻译出来的。我一直保留着一份油印件，后来寄给了西川，因他说要编选一本庞德诗集。

春忙只在闲处看，人生只合成都老。我想这也是你懂得的中国性。

对于如此年轻就去世的你，顾彬最是扼腕并痛惜。他认为你本来是中国送给德国最好的礼物……他是指你作为中德文化之间的交流使者是最合适的，可惜这样优秀的使者却英年早逝，才能就这样被浪费了。

难道只有拉普人（Lapps）才生活在精神世界里？难道死亡这道数学题，非得留给你去解答？

"他早在成名之前，便已厌倦了名声。"这句话虽是庞德的墓志铭,我却觉得这说的是你。你年轻时岂止厌倦,完全是不屑于名声。晚年,你成了因地制宜的诗人。诗人的样子,应该如你所说"……混在人群中,内心随意而警醒"。优雅的中国诗意也应该如你所说"……让我看见一只紫色的茄子吧,它正躺在一把二胡旁边构成了任意而必然的几何图形,让我真正看见它并说出来"。

每当我读到"……值得回忆的嘴唇,我独一无二而又和你们相似"(博尔赫斯:《我的一生》),我就会想到一个人——张枣,并会心一笑……"嘴唇形状注定了人的善恶,也注定了人一生的命运。"(见柏桦诗《随时易经》)有关"嘴唇形状",那是我和你年轻时爱说的玩笑,即我们认为坏人的嘴都长得不好看,而且坏运连着坏嘴。再说一遍,注意嘴唇!你的命运将被其决定。

从你写给钟鸣的信(1994年7月10日)得知你的惊人处:一是你酗酒,专业的酗酒者,每天夜里十二点以后必喝,天天大醉……快七年了,天天如此!二是你有极严重的胃溃疡,比谁都严重,比谁都疼……在一种表面幸福的青春得意的抒情岁月里保持一种致命的隐秘的"痛"和对健康华美清澄的怀乡病(张枣诗里的"正午")……

有关你喝酒一节,我还记得你对我说过的一个细节。去德国后,由于失眠,有一天一个房东老太太给你出了一个主意,让你每晚临睡前喝一点红酒,说这特别有利于睡眠。从此,你就从每晚的浅酌渐渐滑向深饮。

"一个芝加哥来的美国大学生昨天写信说,……胆子越小,写得越好。"(《菲利普·拉金诗全集》,阿九译,河南大学出版社,2018年,第594页)读到此句又立刻想到你爱说的类似的话:"我写诗胆子小……"

1983年,重庆电话线(我在后面《香气》这首诗的注释里,还将详细谈到这非凡的电话线!)的那头传来——我是湖南人张枣。我是来自重庆写俳句的自学青年吴世平。我是四川外语学院日语系的杨伟老师。

三十多年后,我读到了俄国诗人茨维塔耶娃写的一首诗,名字忘了,但记得其中几句。这几句诗,我一读之下,唤起的就是关于你和你的娟娟,以及你们之间的电话线的记忆:

> 歌唱的电线杆连续不断,
> 支撑着高高的天空。
> 我把自己的一份骨灰
> 从远方寄给你,很轻很轻……
> 林荫道叹息,
> 电报式的语言穿越电线:
> 我——爱——你……

想起你1983年至1986年在重庆歌乐山下写诗的情形——"箭在的中非尔力,风行水上自成文"(姜夔),裁诗勿须剪刀快,人生难得歌乐山。

废弃的铁道是中外青少年们都最喜欢走来走去的地方。譬如歌乐山下,重庆四川外语学院旁的那条常年生锈的铁道,一代一代的青少年就在那里走着走着长大了、离开了。在那铁道边上散了三年步,你也离开了。后来,在德国,你还翻译了爱尔兰诗人谢默斯·希尼的几首诗,其中就有一首写铁道的《铁道孩子》,每次我读到这首诗,就会想起你在重庆歌乐山下,四川外语学院,铁道旁的生活,多少细节,竟然在一首翻译诗里读到,这种惊人的相似性,简直是奇迹,我不禁要动手抄来:

  当我们爬到土堆的斜坡上
  我们便与那些电报杆的
  白顶和叽叽作响的电线齐眉

  它们像可爱的自由之手向东向西
  蜿蜒千里万里,松垂着
  因为背负了燕子的重量。

我们年幼并且以为不懂得什么

　　值得一提的事情。我们以为词儿旅行在

　　这些闪光的雨滴的口袋里

　　每滴雨都布满了天光的

　　种子，线条的微光，然而我们

　　缩成无穷小的规格

　　我们可以流过针之眼

　　人并非对自己下的每一个决心都清楚明白。所以我曾说："难得下一次决心，夏天还很远。"这句话是专门对你说的。你见证了我写《夏天还很远》这首诗的前前后后。

　　突然有一句诗，专门为了你神秘地逸出：结冰前的俄国河流有无与伦比的美。这句话还让我想到你在四川外语学院英语系参加研究生复试时用俄语朗诵普希金诗歌的情形。

　　失去你，那人也没有成为一个好人！失去你，那人心中也无一个小小孔子！失去你，每一个你认识的人身都并没有变成如来身！

　　我一直想为"长沙"（尤其是它的发音）写一首诗，2014年1月12日总算写出来了（见我所写的小诗《长沙》）。长沙之痛，唯余二人：贾谊、张枣。

谁说过巨著总是单调的？你说过大师都是琐碎的。

人在受到惊吓时，会生气的。有一次，在德国柏林Pankow，某个晚间，我就看到过你因惊吓而生气的样子。

不必四处寻找重庆，重庆城就在你体内，那内部的肋骨如桥梁，血液循环如两江（嘉陵江、长江），黄桷树环绕着心脏的琼楼，而大海比一只眼睛还要小。火锅——你的挚爱——穿肠过！你还记得我从四川成都带给你的火锅调料吗？那天在德国图宾根，我们在你家里当场就开吃四川火锅，情景真是太奇异了。

我们像蒲宁那样，"我们常常只能回忆幸福"……我还记得你为我朗读蒲宁那篇散文《素昧平生的友人》中的这一段："而回忆只能折磨人，只能使人上当，以为那就是幸福，就是不可理解的、尚未享用过的幸福。"（《蒲宁散文选》，百花文艺出版社，1991年，第92页）是的，你的书，我的书，蒲宁的书，所有写书人的书，不都是在茫茫人海中寻找某一个人吗？后来我在一首诗《反向与艳遇》中再次玩味了这种感受，录此诗第二部分如下：

> 伊万·蒲宁是世上最懂
> 艳遇的人，而望眼欲穿的
> 艳遇却来得太迟了，是的，

> 我有时会产生一个幻觉——
> 那放在台阶上的小包包
> 远看好像一条小狗儿哩。
> 你的书,不也是在茫茫
> 人海中寻找某一个人吗?

再抄一句歌德的话:"我们要在老年的岁月里变得神秘。"可惜你这么早就告别了我们……

我在2019年1月26日写的《阅读课》这首诗中,专门写了一个注释,就是为了透露如下神秘的意思——也可以理解成,我作为一个诗人大胆的命名——"我从出生于西贡一家米厂的王海洋(Ocean Vuong,1988—)那里得知,在越南,诗人诞生于米厂。我从出生于邮局的你(1962—2010)那里得知,在中国,诗人诞生于邮局。(补充一句:张枣的母亲退休前一直在长沙邮局工作。)"

"你只能爱上他或者离开他,绝没有模棱两可的选择。"(洛尔迦:《印象与风景》,人民文学出版社,2017年,第197页)这本来是西班牙诗人塞尔努达追忆人见人爱的洛尔迦时说过的一句话,但用来形容你年轻时被众人喜爱的情形也是很恰当的。相关谈论,可见我前文《"我总是凝望云天"》。

"自由太迷人了——天空绝对的炭";你还活着,刚写完

《卡夫卡致菲丽丝》；德国枫树坐猿深，今年的云雀注定要飞回长沙——这后起的时髦之都，这夏天极端的亮烈之城。在少年时代的我眼中，长沙是挥斥方遒、激扬文字的城市；在旅行者芥川龙之介的眼中，长沙是"在人来人往的路上执行死刑的城市"。

需要多长时间，你才能长大；十五岁在长沙，你已是一头浓发；那最后的重庆，颜色很浓！那最后的德国，颜色很浅。

活靠意志？死靠什么？三个朋友，一个埋在青城山（余虹）、一个埋在长沙（张枣），一个埋在德阳（温恕）。我过去的感觉总是年轻的长沙、年轻的成都和年轻的重庆，我们那时年轻的命运总是倾心于漫长的校园散步、不休的彻夜长谈……

告别始于出生，出生为了活命。病还给病吧，万物皆有兴废，人终究是要消失的。真快呀，你已离开人间十年。常言道人各有一命，各自活下去。我在想，为什么你死于图宾根，埋骨长沙市？

2014年1月26日突然想起二十九年前，曾经读过的你的两首诗，一是《间谍》，二是《坏人》，我甚至还记得：那坏人靠在城门边的样子（原句记不精确了，但你写了类似句子）。可惜这两首诗如今早已散佚，不知去了哪里，颜炼军能否找到？我后来也写了一首诗，没有完成，现录片段如下：

橘颂——致张枣

城门下老是站着一个坏人
你写过吗，张枣？在重庆……
"选皋陶，坏人就消失了。
选伊尹，坏人就跑走了。"
十月之水，你的1984年——
你的"哲学将发轫于惊叹"
我们选谁？我们犹豫不决……

诗中"选皋陶，坏人就消失了。/选伊尹，坏人就跑走了"出自庞德《诗章78》，黄运特译。

2014年2月26日清晨，我刚注意了鼻亭山（湖南道县），晚间，一则消息就来了：长沙市书院路，玉泉寺路口进去，金陵墓园，观音园，玉兰区，19-21……你已长眠于此处一个小墓穴里。

关于小墓穴，前几天（2019年1月末的一天），我还写了两句诗：

写小诗的人真知道尸体只需小墓穴。
写大诗的人真懂得人体应配大地球？

2020年3月

诗 摘

以下所有诗歌片段都选自我写的诗歌。为何只选取这些片段，那是因为在这些片段里，我谈到了我和张枣交往的点点滴滴，也展现了张枣形象的方方面面。特此说明。

1

掌灯时分，一缕青烟飘了上来……
"鹤之眼"，你到底在看什么？

看室内神经般颤抖的植物，
看他在渐浓的夜色里打开灯，
去书架上找一本书
　　——《夏日小令》(2010 年 8 月)

说明：
鹤是张枣心爱的宠物。那鹤的眼睛看到了什么呢？鹤想

看到的,也是张枣想看到的吧。而张枣在夜色里去找一本书,有时他找不到书……他在一首诗里表达了找书不遇的心情:

那使人忧伤的是什么?
是因为无端失落了一本书?
……
你花一整天时间寻找它
你让架上的书重新排列组合
你感到世界很大
你怀疑它是否存在过
　　——张枣:《那使人忧伤的是什么?》

2

想象中,
那少年曾在一碧幽潭里
见识了晚春危险的正午。
眼睛!是他最后的恐惧。

现在,
在四川省军区操场上
他无限地、无限地拨弄着

一辆自行车永恒的铃铛。

　　——《人物速记》(2010年12月)

说明:

这是对一帧照片的说明,那是1986年春天,张枣在画面的中央,正骑在一辆自行车上,地点是成都市磨子桥中国科学院成都分院或四川省军区大院内,旁边站着的是翟永明和欧阳江河,还有一位外国男人的背影,他应该是新婚燕尔的张枣的德国太太达玛的弟弟。

3

昨夜,在《秋天的戏剧》第七节
我又读到了你冬天等人的样子
(想起你谈"第一滴血"的样子)
知道吗,你的生命不仅仅属于重庆,
继续!老卢伦斯基,活下去——
那是死去的张枣在使你不死。

　　——《老卢伦斯基在重庆》(2011年1月)

说明:

"老卢伦斯基",俄裔美国人,英美文学教授,当时在重庆四川外语学院任教,他与张枣的师生关系很好,这节诗说的是张枣与老卢伦斯基的故事。当时上演一部美国电影《第一滴血》,老卢伦斯基用弗洛伊德的恋父情结模式对张枣分析了男主角(史泰龙扮演)面对老上司时的心理及其行为。张枣在《秋天的戏剧》第七节写到他的形象:

> 你是我最新的朋友(也许最后一个)
> 与我的父母踏着同一步伐成长
> 而你的脸,却反映出异样的风貌
> 我喜欢你等待我的样子,这天凉的季节
> 我们紧握的手也一天天变凉
> 你把我介绍成一扇温和的门,而进去后
> 却是你自己饰满陌生礼品的房间
> 我们同看一朵花瓣的时候,不知你怎么想

4

> 但那荷兰人在漂泊或者归来
> 但那吃——为你消得万古愁
> ——《为你消得万古愁》(2012年4月)

说明：

"万古愁"不仅是张枣对中国古诗的一个重要发现，也是他对中国古今诗学的一个重新发现。而"吃"不管是实际的、乡愁的、美学的、形而上学的，都是张枣生活中的一个亮点，有关张枣"吃"的更多详细故事，读者可参读《亲爱的张枣》一书中相关部分。

5

有几封信寄自西德的特里尔，张枣
让我们来听那乒乓，一声、两声……
很快，他又变成了游泳的热爱者
可一个真正的诗人是很难有变化的
　　——《在南京》（2012 年 8 月）

说明：

1988—1992 年我在南京，张枣在特里尔，两人书信往来，如同那往来的乒乓球。正好，张枣到了德国竟然迷上了打乒乓球，可以想象："远处，仿佛一场乒乓球赛的声音：……互相对打"（阿米亥）。张枣还对我讲过一件趣事，他说，在德国打乒乓球很能得到女生的青睐，所以平时有空也爱练习打乒乓球。

"可一个真正的诗人是很难有变化的",这句诗为张枣所说,见本书附录,张枣给我的第八封信。而实际情况正是如此,莫说诗人难以变化,普通人同样是难以变化的。江山易改本性难移,人的基因是无法改变的,所以人是难以变化的。

6

人寿八十,树寿八百,
金刚经"无人相,无我相,
无众生相,无寿者相"。

天发白,地发黑,脸发黄,
一只花蚊子停在铁牛背上,
过桥人来点燃了一盘蚊香。

听杜甫醉时歌,行李白万古愁。
幸福里有自由,自由里有勇敢。
　　——《三三小诗》(2012年8月)

说明:

杜甫写"醉时歌",张枣也写了一首诗叫《醉时歌》;李白写"万古愁",张枣在《跟茨维塔伊娃的对话(十四行组诗)》里,也两次写到了"万古愁"。"万古愁"成了张枣的一个诗歌标志,犹如"麦子"是海子的一个标志。后来许多诗人跟着张枣写起了"万古愁"。臧棣写了"万古愁丛书",欧阳江河在诗中多次写到它。我也写了一首诗《为你消得万古愁》。

还有一点需要说明:这首诗最后两行"听杜甫醉时歌,行李白万古愁。/幸福里有自由,自由里有勇敢"被我后来从诗中删除了。所以读者在我最新版本的《三三小诗》中不会读到这两句诗。

7

还有吗?晚餐使她的面色更加红润……
秀色可餐(张枣偏爱),快变 Marcel
——《轻阴中的 Marcel》(2012 年 9 月)

说明:

"秀色可餐"是张枣平时爱说的一个成语,后来,他在《灯芯绒幸福的舞蹈》这首诗中用过成语。张枣有个习惯,常在生活中反复诉说着、挑选着一些成语。而且他也从别人口里说出的话或成语中发现被人忽略的诗意以及某句成语的新诗意。譬如有一次他在柏林汉学家萨宾娜家里,当电影导演马英力随口说出"托你的金口"时,张枣立刻敏锐地感受到了这句话的诗意。他反复说着这句话,掂量着这句话。

8

风以四季(食物)为命
纯洁的食者
来自长沙与夕颜
我正午的故人
听:风对一切众生是蜜
　　——《鱼在风中》(2012年11月)

说明:

此诗虽写风中的鱼,但其中逸出一节对唯美食者的描写与想象。而这个诗中的食者——正午的歌手——就是最懂得美食的张枣。

9

张枣!珍稀的
里尔克书信家
　　——《假儿歌》(2013年1月)

说明：

为何我会说"张枣！珍稀的/里尔克书信家"，须知里尔克是写信狂，一生写了成千上万封信。"和他通信的人，除了亲友、情人之外，有各种不同的人物：著名作家、无名工人、贵族妇女、青年诗人，以及作为囚犯的陌生读者，所有这些来信他每次都以谦逊不苟的态度作复。可以说，他的一半时间都花在写信上，因为他把这项工作当作不计报酬的使命；多少人因他的回音而获得安慰和启示。"（程抱一：《与友人谈里尔克》，人民文学出版社，2012年，第161页）为何写这么多信？让我们来看一段他自己陈述的原因吧："好多的书信！这样多的人对我有所期待（期待什么，我不大清楚）：帮助，出主意，而我自己正一筹莫展地面对生命最紧迫的要求。虽然我知道，他们搞错了，误会了，但我仍然觉得——我并不认为这是虚荣心——受此引诱，即告知他们我的一些经验，我长期孤独的一些成果。"（里尔克：《穆佐书简——里尔克晚期书信集》，林克译，华夏出版社，2012年，第8页）以上所说是一方面。另一方面，孤寂的里尔克情不自禁地热爱写信这项工作。里尔克的书信是极为珍贵的诗歌遗产，张枣的书信同样如此。在我所遇到的人中，张枣是最会写信，也最喜欢写信的人。从某种意义上说，张枣写文章的才华都用于写信上面了。因此，他的文章反而写得不太多。在此，顺便多说两句：上世纪初的德国作家都爱写信。我们知道里尔克是写信狂，殊不知黑塞同样也热衷于写信，他一生中给读者的回信就至少有三万五千封。(见《黑塞画传》，上海人民出版社，2008年，第293页)

10

谁又会想到最后的花生并非来自
长沙，也非来自德国，来自开封！
2005年冬天，在成都紫荆电影城
一个阴雨天的下午，你将一纸袋
肥大的河南花生递到了我的手中。
　　——《花生逸事》(2013年3月)

说明：

此诗写我与花生从小结缘的故事，说我从小（六岁时）被封闭在家（父母上班将我锁在家中），为打发无聊的时间而吃花生的事……顺手我插入了另一件事情：2005年冬，一个阴雨天的下午，在成都紫荆电影城门口，当我们一行人即将动身去都江堰之前，张枣送给我一纸袋肥大的河南花生……

顺便在这里再说一件趣事：1950年代出生的中国男人，几乎个个都有一个共同的终身癖好——爱吃花生米。

11

一

四月诗选诞生于北碚,
歌乐山植树节一完;
我还记得那白日六章,
在徒劳美丽的星辰之前;
镜中,我们的1984,
初冬的晚灯宛如春日,
你又带来什么消息?
我穿梭于北碚至沙坪坝,
我读完你童年的诗篇……
——《1984,之后》(2013年3月)

说明:

1984年春,张枣在重庆北碚西南农业大学周忠陵处油印了他的第一本诗集《四月诗选》。"白日六章"是他当时写的一首诗歌的名字,"徒劳美丽的星辰"是他写的诗句,见其诗歌《维昂纳尔:追忆逝水年华》。张枣的《镜中》写于1984年初冬。

我还记得张枣很激动地对我说起1984年春在四川外语学院一次参加植树节的情形,他特别谈到另一位研究生李力——最早翻译厄普代克小说《兔子,跑吧》的翻译家——在植树节现场的组织指挥工作。张枣专注地谈着植树节,一下也把我带入到歌乐山植树节的现场。那时我们刚刚开始密切地交往,所以无论谈什么话题都是新鲜欲滴、充满诗性、令人难忘。

12

秋,楚王梦雨,郁白悲秋
　　——《仿古小幅四季屏》(2013年3月)

说明:

"楚王梦雨"是说张枣写的一首诗《楚王梦雨》。"郁白悲秋"说的是法国外交官、汉学家郁白写的一本讨论中国古诗的书《悲秋:古诗论情》。

13

衡山古楚地,白沙有井,湖南仍然
值得期待!三百年会出一个大诗人。
　　——《地学图》(2014年2月)

说明:

不是有人说当代湖南不出大诗人吗?张枣的出现就是最有力的反证。

14

二

在长沙,树下吃酒人,埠头渡水人,
莫问桃花消息,细语里有戏语;
洛浦,一个河神?唉,我要睡去……
(这不是一个玩笑!她会寄来人头)
我已听到了你前世的笑声,在长沙
水白树老,独缺娟娟,鸟因身体起飞——
鼓手因寂寞,在三八节纪念你。
　　——《童年后,在长沙》(2014 年 3 月)

说明:

"这不是一个玩笑!她会寄来人头"如此惊悚的一句话,张枣有一次在四川外语学院收发室门口笑嘻嘻地说了出来。他有时会突然开一个耸人听闻的玩笑……

娟娟,张枣当年在长沙湖南师范学院读书时的初恋女友。

"三八节"既是妇女节,也是张枣逝世日。

15

快看那只屋梁上吊着的风鸡!
这来自最南方的古早味呀
让你突然脱下了深冬的皮衣。
——《颐之食》(2014年4月)

说明:
《亲爱的张枣》这本书里,记载了张枣用身上的皮衣换风鸡的趣事。

16

一

秋天,但非土耳其"呼愁"的秋天……
电力读诗会,银行读书会有何稀奇?
七十二变太少,"何方可化身千亿"?
分分秒秒,人在德国,人在苏州。

那时我们还年轻,八〇年南风拂面

发生秋风,云卷离骚,纸矮斜行……
那时你爱说昨夜星辰、河商的妻子……
"你把酒祝东风,你种出双红豆"……

……

二

……

在开封"我将要把我的裤脚边卷起"
吾友,尝尝这肥大的河南花生吧。
乌云密布的天空,都江堰的一个下午
鱼嘴永恒,可你说大隐隐于屠狗
　　——《秋变与春乐》(2014年4月)

说明:

此诗第一部分第一节,是说张枣2005年参加第一届三月三苏州虎丘诗会的事。他当时穿梭于中国和德国两地,既感觉到兴奋刺激,也有些身心的疲累。

诗的第二节转入回忆,写张枣1980年代初的样子,第一句"那时我们还年轻,八〇年南风拂面"为张枣所写,见其散文《枯坐》。他1984年还写了《十月之水》这类诗,当时诗坛突然出现了一股怀古风……在诗中张枣也写到"河商的妻子"。另外,他有一首诗就叫《昨夜星辰》。"昨夜星辰",是的,我还记得这是当时张枣最喜欢的诗歌意象之一。

诗的第二部分第二节,写的是2005年冬天,我和张枣、张宇凌、钟鸣去了一次都江堰。他从河南开封给我带来了一包大颗粒花生米。他当时刚从德国回到中国不久,在河南大学任教。2007年,他就去了北京,供职于中央民族大学。

17

很快
我那短暂的德国岁月!
奇开兄,图宾根的下午
我发现了马耳泪如雨。
　　——《何必很快》(2014年5月)

说明:

"奇开兄",说的是德国籍的重庆画家张奇开,1997年11月的某一天下午,他、张枣和我一道在图宾根森林边的草地上,观看过一匹跃跃欲试的枣红马。为何写到"马耳泪如雨"?那是因为读到元代李治(1192—1279)《摸鱼儿》末句:

"马耳泪如雨",一读之下,加上又立即想到曾经在德国观马的一幕,便顺手将诗中的马儿率来此处。

18

诗歌会是一种特殊的耳疾?
诗歌是一种日常的谈疗呢?
那就让我们在北碚黑夜里
说话,直到黎明爱上长沙
直到天爱上鸟儿,懒管愁人
　　——《年少是一种幸运》(2014年6月)

说明:

这说的是我和张枣第一次在重庆西南师范大学的正式见面,那天我们从下午一直交谈到第二天黎明,那也是张枣命名的我们的"绝对之夜",相关详情见前文《在川外、在西师》的相关部分。

19

一年四季,何谓(昨夜)星辰?
只不过是指点人生的星标而已?
一年四季,信呢?张枣最爱!

信是凡间的欢乐,众神却无法得到。

——《从早到晚》(2014年7月)

说明:

"何谓星辰?只不过是指点人生的星标而已?"见蒲隆译《狄金森全集》卷四(上海译文出版社,2014年)第394页。"信是凡间的欢乐,众神却无法得到。"见上书第392页。这两句话虽是美国女诗人狄金森所说,但用来说张枣太恰当了,张枣是写信和收信的超级热爱者,也是书信珍藏者,他深懂书信写作和阅读的快乐与幸福。

20

重庆的夏天风凉,
因一盘虎皮青椒,
一盘松花皮蛋,
一盘京酱肉丝……
"厨师因某个梦
而发明了这个现实。"
电工!你正是这个
永恒现实的厨师。

——《永恒》(2014年8月)

说明:

这首诗是纪念我去世的舅舅以及一个会做菜的电工厨师。很自然地我就想到了张枣写的诗《厨师》,我引用了其中一句"厨师因某个梦而发明了这个现实",借此机会,再次向张枣的诗艺致敬。

21

众树之中,唯"青枫"发音决绝。
而南京呢喃,唐为民——
"我病中的水果"
我"秋天的戏剧"
……

——《一挥而就》(2014 年 9 月)

说明:

唐为民,南京某大学英语教师。《秋天的戏剧》(张枣写于重庆时期的名诗)中也有唐为民清晰的身影,他称她为"我病中的水果"。

22

圆景难道非得宜于佳人而不合去人

张枣，我读你的《祖母》之圆想到

有个少小忧患的人，玩有竭而兴无已

——《谈圆》（2014年9月）

说明：

此诗虽是谈圆，在这里，我一下想起张枣后期写的一首名诗《祖母》，其中张枣写道："一个/母性的，湿腻的，被分泌的'O'；……他闯祸，以便与我们/对称成三个点，协调在某个突破之中。/圆。"圆，由此我想到张枣，一个忧患少年，他的玩性种种以及南方之圆的声音，那无尽的兴味。

23

慢世人来自长沙

吃香烟，优哉游哉……

读书，如昨日，

涉江，如昨日，

欢娱写怀抱，

同样在欢娱昨日……

橘颂，板桥霜迹

我礼貌如一块玉坠

十月，一挥成斧斤

　　——《危险的事》（2014年10月）

说明：

这是此诗开篇两句，一观便知，写的是张枣的形象。张枣其实是一个很从容的人，性格徐缓，不急不慢；当然他很爱抽香烟，烟不离口。他年轻时的样子真的是优哉游哉的啊。"板桥霜迹，/我礼貌如一块玉坠"出自张枣1984年写的诗《十月之水》，这俨然是张枣的自画像。"一挥成斧斤"出自李白《古风》其三十五，本来说的是李白高超的诗艺，但在这里，也用来说张枣十月娴熟的诗艺。

"橘颂"第一次出现在我的诗里，无意之中，它又成了本书的书名。同时，它也暗示了张枣的心灵来自南方。

24

依旧秋来吹山风，而非电吹风，
观南人之变态，我不读楚辞。
依旧是歌乐山下，四月的天气……
总有个人会提醒我听杜鹃啼鸣。

　　——《依旧》（2015年1月）

说明:

此诗本写杜甫的川东生活,但也联想到1983—1986年,张枣在重庆四川外语学院三年的研究生生活,他当时是那样爱在春天聆听歌乐山的杜鹃啼鸣;他还不停地叫我也来倾听。我现在还记得他当时的神情,是多么认真、专注。其余还用说吗?张枣就是楚辞的现代诠释者、执行者和嫡系传人呀。而不是我,也不是我们蜀人。

25

过完元旦,哀歌作古,邮局消失如报纸
"另一封信打开是空的,是空的,你熟睡如橘……"
　　——《错过》(2015年1月)

说明:

这首诗的题记里,我写道:"里尔克从穆佐来信了吗?张枣从特里尔来信……"这是再一次告诉读者,张枣年轻时是多么喜欢写信,他可以堪称古今稀有的书信家(西方唯有里尔克可以和他媲美)。如有一天能把他的所有书信收集起来出版,我们将得到怎样一本最美丽最特别的书!引号内这一行诗出自张枣名诗《哀歌》。而《哀歌》就是……从"一封信打开,有人说天已凉"开始的。顺便说一句:"熟睡如橘"这样的意象是美的，也是很有意思的，令人涵咏回味……我后来偶然读到顾城1981年11月写的一首诗《我会疲倦》，其中他也写到睡眠的橘子："当香蕉和橘子睡熟了"。看来熟睡的水果总会引起诗人们的想象……

26

竹林中，拂晓厨房传来了喝酒声……
你还喜欢椒盐带鱼吗？再来一份？

酒可不是什么面包，是铁，拿铁！
那人也不是什么多襄丸，是云游僧！
"楚人重鱼不重鸟"，谁人气接谢宣城？
国途穷人途穷，拂晓酒为百年同弃物？
——《拂晓酒来压惊》（2015年2月）

说明：

"你还喜欢椒盐带鱼吗？再来一份？"典出张枣之爱。张枣在重庆时非常喜欢烈士墓杨公桥附近一家竹林餐馆做的这道菜——椒盐带鱼，他那时对这道菜真是百吃不厌呀。窗外春阴习习，天空黑得发亮。记得吗？这一切又总是在正午时分。拿铁，一种咖啡的名字：Caffè Latte；此处我只取它"铁"的发音。多襄丸,云游僧,见芥川龙之介小说《竹林中》。

"楚人重鱼不重鸟",见杜甫诗《岁晏行》。同时也顺便附会了楚人张枣。而"谁人气接谢宣城",出自杜甫诗"诗接谢宣城"(《陪裴使君登岳阳楼》),当然又是附会了张枣,暗指他的诗歌若谢宣城的诗一般轻灵秀逸。

27

让我们快快回到长沙吧
第一天,屈原凄恻近长沙
第二天,贾谊凄恻近长沙
第三天,老杜凄恻近长沙
第四天,张枣凄恻近长沙
……
——《几笔巴西近长沙》(2015年2月)

说明:

从巴西扯到长沙,可见诗之笔力万里纵横。长沙让人首先想到的当然是屈原。接着才是贾谊,贾长沙;再接下来是老杜的两句诗"贾生骨已朽,凄恻近长沙"(见杜甫诗《入乔口(长沙北界)》);然后是出生于长沙的张枣。顺势而来,我次第展开了四个诗人,四次凄恻,四近长沙。

而在我另一首诗《顺生论》第一节的末尾,我又情不自禁地逸出了神秘的一句:"文生哀尽来自长沙。"这说的当然又是诗人张枣以及长沙自贾谊以来所绵延的"凄恻"传统。

28

多年后,我们返老还童,秋裤不穿……
在北碚论诗青未了,何言谈绝倒……
——《诗性教育》(2015年2月)

说明:

这首诗从我的中学生活写起,但在最后两句,我突然转到了我和张枣的交往。我至今仍在回忆:1984年春至1986年夏,我常与张枣在重庆北碚西南师范大学谈论诗歌事。"论诗青未了"化脱自杜甫《望岳》一句"齐鲁青未了"。"何言谈绝倒",见黄庭坚《奉和文潜赠无咎篇末多见及以既见君子云胡不喜为韵》其三"何当谈绝倒"。

29

1984年的夜谈者吞吐着致命的青烟
山楂,海子的命数;北碚,我们的命数

变,光从水里跃出,缤纷刺目——
变,神喜欢单数!而人喜欢双数。
　　——《变》(2015年8月)

说明:

多么生动的两个夜晚吸烟者的写照,第一句诗就把我立即带回到我和张枣彻夜谈诗的那个著名的"绝对之夜"。犹如"山楂"是海子的命数,"北碚"是我们订交的地点,当然也是我们的命数。变——我们的人生,我们的诗,我们的命——从此开始了……

30

波德莱尔才刚刚诞生于中国
是的,张枣说跟你学诗要当心
　　——《致刘波》(2015年10月)

说明:

这首诗是专门写给吾友——研究波德莱尔的专家,巴黎第四大学博士刘波教授的,其中这两行提及了张枣。这里说的是一个我和刘波都知道的故事,即张枣对1986年要去四川大学读研究生的刘波说,到成都与柏桦做研究生同学时要当心，不要跟柏桦学写诗，谨防被柏桦搞疯。这当然是朋友之间说的一个玩笑话。闲着一笔在此，也是为了好玩而已。

31

时间总是不够用来喝茶和打牌
我们就开车去一个乡下游乐园
双流双生花初逢德国人很惊讶
晚间的啤酒鸭还早呢，慢慢来
你看来看去只是为了挑肥拣瘦
我进进出出只是为了不留在此处
——《乡下事及威威》（2015 年 11 月）

说明：

某个初秋的下午，我和张枣曾在成都附近郊区做过一次短途旅行，当时同行的还有李亚伟、何小竹、马松等。这首诗是对这次旅行的琐记。余不赘。

32

云上的日子是少年的日子，
老人们一代一代，继续入睡……

爸爸妈妈，兄弟姐妹；
亲爱的朋友，亲爱的张枣，
遗憾，我没能送给你们颐和园
耳下雪……

金门大桥在你眼皮下被移走——
那来自第五元素的魔术
难道只能发生在旧金山？
　　——《人在度过、鸟在度过……》（2016年2月）

说明：

一首心灵漫游的诗，从少年写到老年，从家庭写到朋友，其中难免又写到张枣，也写到魔术种种。而一切魔术之中，诗歌不正是最好玩的魔术吗？！

33

Scott！百年后的太极
依旧是空气对空气，水推水
1984年的诗歌项目
在哪里呀？

我们在重庆烈士墓
叫魂,叫胡穷宇。
　　——《叫魂》(2016 年 2 月)

说明:

Scott,美国诗人,1984 年任教于四川外语学院。他、张枣和我曾策划过一个诗歌出版项目,后来不了了之。张枣告诉我,Scott 的观察力很敏锐,他注意到了打太极拳的中国人,并在一首诗中写了打太极拳的中国人的动作"空气对空气,水推水"。

34

二

1984 年早春那场早晨的风暴
三十二年后再读还是那样巧妙
紧接着是南山华丽的苹果树林……
何人斯后,又有了彼何人斯。
真好!年轻时我们已经相遇。
老了,人间又能得几回相闻?

三

鱼哭，羊笑，怕冷多思的鹤……
　　——《变异经》（2016 年 8 月）

说明：

此诗分为四部分。第二部分里，展览了张枣早期诗歌名篇，如《早晨的风暴》《苹果树林》《何人斯》等。而在第三部分，一开篇就说到"怕冷多思的鹤"，一观便知，这鹤的形象在此借来说张枣的形象，即张枣冬天怕冷、多思的样子……

35

我总是在下午发现自己
张枣则在正午发现自己
　　——《日以继夜，重新开始》（2016 年 10 月）

说明：

一如早年我们两人的口头禅，我是下午的诗人，相关详情见我写的《左边：毛泽东时代的抒情诗人》；张枣是正午的诗人，这是他年轻时一直念兹在兹的。

是的,连艾米莉·狄金森也说过:"中午的人比早晨的人更强大,所以从今往后它们的生命是掌握在正午手中的。"(王柏华主编:《栖居于可能性:艾米莉·狄金森诗歌读本》,四川文艺出版社,2018年,第224页)

2018年我在另一首诗《谁害怕像狄金森那样写诗?》中这样写过张枣正午诗人的形象:"你说你是一个正午诗人,/'永恒的钟表—鸣响—正午!'"

后来我在读尼采时又偶然发现了这神秘的"正午",它竟然很早就诞生于德国,诞生于尼采的诗歌《自高山上》:"那正午的朋友——不!别问那是谁——正午时分,有人结伴而行……"

36

同样是橘子,
有人说发条橘子,
你说烤橘子。
在德国,橘子专用于谈心
这是张枣的一个发明。
　　——《橘子》(2016年10月)

说明：

张枣心爱的橘子又在我这首《橘子》里出现了。真是神奇的橘子呀，人生如橘，就这么递来递去的……我还记得有一次临近正午，我们一同乘车路过重庆上清寺邮局时，你特别谈起了人生之橘……橘子的美感，它的样子，它的颜色，它的滋味，它的诗性，都是那样美好而神秘。为何说"在德国，橘子专用于谈心"？张枣在其名诗《跟茨维塔伊娃的对话》第八首中，说过这样的话："谈心的橘子荡漾着言说的芬芳。"

37

请长沙云去图宾根听吧
"一个人在手表停摆时，
甩他的手腕，
谁在甩我们？谁？"
再问阿米亥。

——《警句诗》（2016年10月）

说明：

说来也是神奇，张枣年轻时偶尔，有时还常常，爱甩他的手腕。如同以色列诗人阿米亥，他也在诗中甩他的手腕。

38

随身携带痛苦护身符的诗人
只有蒙塔莱?
"不"这个护身符左右开弓!
　　——张枣
　　——《东西护身》(2017年1月)

说明:

进一步详情见张枣1992年写于德国的诗《护身符》,这首诗写于他短暂的痛苦时期,详情参见我前面的文章《迎着柔光走去》相关部分。

39

一个预言,再回到西师,
那时你总乐于在深夜炫耀
"相信我,最多两小时"——
恋爱结束,如过完节日。
　　——《人各一生》(2017年4月)

说明:

这首诗我共写了三个人物。第一个是梁宗岱,第二个是吴宓，第三个就是张枣。这首诗的最后一节说的是一个故事，即我和张枣为一次谈情说爱而打赌的故事。这个故事至今想来也令我震惊不已……我在前文《"我总是凝望云天"》里对这件事有过一个十分克制的介绍，读者可参照前文相关部分，这里就不多说了。

40

瞬间钟情黑月的叶芝会
爱上张枣的正午？烟云
月色让人想到晚清同志
怀人的朦胧。雨天明亮……
　　——《瞬间》（2017年11月）

说明：

叶芝与张枣是一个挥之不去的永恒话题，今后还会有更多的研究者注意到并谈论它。我已在很多地方——包括我写的文章中——说过：中国诗人之中，张枣是最懂叶芝的诗人，叶芝英文诗歌全集是他终身相伴的枕边书。我也专门为二人写过一首诗《叶芝与张枣》（见后）。

41

尽管金属的疲劳或在
我九十岁之前才来临——
长沙,半壁见海日后
灯芯绒将幸福地舞蹈……
　　——《各有归处》(2017 年 12 月)

说明:

"长沙,半壁见海日后"这句诗含有毛泽东青年时代在湖南师范学校读书时的一则逸事:毛泽东当时很讨厌静物写生必修课。一次上课时,他只画了一条直线,直线上加了一个半圆,再写了李白的一句诗"半壁见海日",草草画完就离开了教室。有关详细故事可参见埃德加·斯诺的《西行漫记》(生活·读书·新知三联书店,1979 年,第 121 页)。

《灯芯绒幸福的舞蹈》是张枣离开重庆去德国前写的一首名诗。这首诗深得诗人老木(1963—2020)的喜欢,后被其用作一本 80 年代文学新潮丛书——《灯芯绒幸福的舞蹈——后朦胧诗选萃》的书名。

鸟用翅膀舞蹈,树用影子舞蹈,张枣用灯芯绒幸福地舞蹈……而这一切都象征性地发生在"半壁见海日"之后。

42

我到底是谁？彼何人斯？
"这是我钟情的第十个月"
我将被认为是怎样的人
我就会变成是怎样的人
——《我是谁？》（2017年12月）

说明：

"这是我钟情的第十个月"出自张枣诗歌《何人斯》。张枣的诗从一开始就在追问"我是谁"这一永恒主题，其中最有代表性的诗歌就是他早年写出的名篇《何人斯》。他在诗中通过"你"和"我"的戏剧性表演来探索人物及他自己丰富复杂的人格面向以及人生命运。我这首诗也是对他这首诗以及这一类诗的唱和、呼应、问答。

43

黑云飞无声，小宇宙自转……
人群中保持随意而警觉的人
是诗人吗？张枣。……
——《公元前的超现实主义》（2018年2月）

说明：

"人群中保持随意而警觉的人是诗人"，这是诗人张枣的名言。他在一次访谈中说过，诗人应该在日常生活中保持随意而警觉。既可以不动声色，又可以突然启动。

44

打开一本书春天见末日，别怕！
夜里的橘子及正午的橘子皆属
于张枣，田间的麦子只给海子。
　　——《天下乌鸦彩云追月》（2018年7月）

说明：

那属于张枣的橘子又出现了。能指在滑翔——橘子之于张枣，犹如麦子之于海子。我反复提到橘子，就是想反复回到本书的主旨——橘颂！

45

读图宾根日志"在你身上，我
继续等着我。"云，哪一样不全？
朝天鹅格物自有一番中西乐趣
　　——《得过且过》（2018年9月）

说明：

"图宾根日志"在此暗示张枣生活的地方，也是他去世的地方。"云"，张枣正好写了一首送给他儿子张灯的诗，题目就是"云"。张枣初到德国，还真面对湖畔、坐在树下，看着水里的天鹅，练习过一阵子格物致知的功课。他对我说起过这些趣事，他甚至说好几次那湖水中的天鹅向他游来。这类格物的功课他也对颜炼军等人说起过。

46

镜中朝鲜不变，越南善变。
镜中重庆梅花迎来三千年豹变……
镜中肝胆相照，胡兰成说得好
　　——《从镜中看》（2018年12月）

说明：

这是一个预言，一个迷信，一个符咒……梅花在重庆已于1984年发生变异，因为张枣的《镜中》诞生于这一年的冬天。因为《周易·革》已说过：大人虎变，其文炳也。君子豹变，其文蔚也。小人革面，顺以从君也。

47

能够站着沐浴春天的人是个长沙人。
　　——《偶遇琐记》(2019 年 3 月)

说明:

这一行诗呼应了张枣早年送给我的一首诗的结尾:

或许要洒扫一下门阶

背后的瓜果如水滴(像从前约定过)

阳光一露出,我们便一起沐浴
　　——张枣:《故园(十四行诗)》

48

无边的椅子,

无始亦无终的椅子

它坐进了纳博科夫的冬天

坐进了张枣的冬天

也坐进了我们的冬天
　　——《一把椅子》(2019 年 10 月)

说明：

我写的这首诗是向张枣写的一首非常 wit（机智有趣）、非常特别的诗《椅子坐进冬天……》致敬。有关冬天的椅子和纳博科夫及张枣的关系，见后面我写的诗《冷》。

49

有一段通往北碚温泉的道路像瑞士
神了！在德国我遭逢了渣滓洞

捷克，"专横的乡间！电报线！"
玛丽娜的电话线也是张枣的电话线
　　　——《爱在说话》（2019 年 11 月）

说明：

"渣滓洞"是一座国民党关押共产党人的监狱，位于重庆市歌乐山麓，距白公馆 2.5 千米，此地为《红岩》这部小说主角，如许云峰、江姐等最重要的活动场地。这一带风景幽深洋气，道路清洁，我与张枣 1984—1986 年常在这里散步（因四川外语学院就在歌乐山下，紧邻渣滓洞），并常感叹：此地风光恍如欧洲也。

如前文《在川外、在西师》里所说，我与张枣的结缘很可能就来自一首诗歌中的"电话线"。在1983年9月的一个中午,我被他《四个四季·春歌》中的两句诗震惊:"有一天,你烦躁的声音/沿长长的电话线升起虚织的圆圈。"事有凑巧,张枣和玛丽娜·茨维塔耶娃都写过电话线。

50

一

重别像黑格尔那样重
应像苏维埃那样重;
轻要像泰戈尔那样轻
也像徐志摩那样轻。

看基督单彩,佛陀多彩
白小群分命一寸二寸;
看荷尔德林的图宾根
总有户人家张灯结彩。
　　——《重轻之间》(2020年9月)

说明:
从德国到苏联,从印度到中国,从杜甫诗《白小》到基督教再到佛教，最后回到德国荷尔德林的精神家园图宾根，这一切都为了隆重推出这一句——"总有户人家张灯结彩"。而这户人家的主人正是张枣和李凡，他们居住在图宾根，他们的大儿子叫张灯，他们的小儿子叫张采。

51

请签名。
为什么用铅笔？
心用铅笔写。
脑用钢笔写。
（写诗太多，写散文吃力）
在图宾根
我们用什么写？
——《签名及格言》（2021年10月）

说明：

这节诗写的是我1997年11月去图宾根看张枣时，给我留下很深印象的一件趣事。记得那晚在荷尔德林协会朗诵我的诗歌，朗诵会前，主办方让我为荷尔德林协会资助出版的一本中德双语诗集《四川五君子》签名，而且让我用铅笔签名。这让我感觉很奇异，我过去签名从未用过铅笔，一律都是钢笔。我也没有问对方为什么用铅笔签名，就直接用铅笔签了十本书，还是十五本书，我记不清楚了。这第一次用铅笔签名的经验从此被我记住，二十多年后，我通过这首诗表达了对这次铅笔签名的感受。

死 论

未知生，焉知死。
　　——孔子

你就是称心如意活了几世纪，
死亡还是千秋万代存在下去。
　　——卢克莱修

在我们看来死亡代表失去，
但已经是无还能失去什么呢？
　　——卢克莱修

死亡远不如永恒轻盈。
　　——雅贝斯

——死亡将至。

——你怎么知道的?

——它不说话了。

　——雅贝斯

1

十年前的一个夏夜,张枣对我说起一本书《徒然草》(日本南北朝时期歌人、法师吉田兼好所著),并随口读出书中如下文字:

> 人应该切记于心,时刻不忘的,是死期的迫近。
>
> 养生延寿,等来的仍只是垂老而死。
>
> 老死之期,说话之间就到了,其间不过是等死而已。
>
> 人不是不怕死,而是忘记了死就是眼前的事。
>
> 不论老幼强弱,皆死期难料。侥幸能活到今天,实在是不可思议的奇妙之事。
>
> 死是必然的,所不同者先后而已。
>
> 人临终时的面相,最好的一种,是静而不乱。
>
> 死不是从前面迎来的,而是从后面追来的。

接着,他喝了口白开水,总括一句:"世事无常,万物都不足以长久依赖。"

2

这时轮到我出场了,我上来便念出一句他的名言:"开口即将死亡。"趁他还未反应过来(他仍沉浸在吉田兼好的"死亡"气氛里),我已流水般地读完他如下的"死论"(皆从张枣诗歌中摘取出来):

死亡猜你的年纪
……
死亡说时间还充裕。

我死掉了死——真的,死是什么?
死就像别的人死了一样。

墓碑沉默:读我就是杀我。

我们这些必死的,矛盾的
测量员,最好是远远逃掉。

那还不是樱桃核,吐出后比死人更多挂一点肉。

你站在这,但尸体早发白

有人说,不,即便死了
那土豆里活着的惯性
还会长出小手呢
……
另一封信打开后喊
死是一件真事情。

哈气的神呵,这里已经是来世
到处摸不到灰尘

人的尸首如邪恶的珠宝盘旋下沉

我走着
难免一死,
……
如果我怕,如果我怕,
我就想当然地以为
我已经死了,我
死掉了我,并且还

带走了那正被我看见的一切。

你摇摇我的手臂,好像我是死者

那些浩大烟波里从善如流的死者

写,为了那缭绕于人的种种告别

张枣最后一句说得太好了,前面虽已抄写过,这里还要再抄一遍。而告别是一门大学问,你知道的,需要一个人穷其一生来学习。写——正如他所说——是为了告别。

3

几天后,立秋来临,某人站在月下说起了"怪话":正义之死是树叶带来的,饥饿是美的,也是仁慈的。他还说仅仅因为声音好听也会爱上杜鹃(形象总是由听开始,绝不从看)……"燃烧的杜鹃是血的崇拜者",是他年轻时写下的一句诗。在年复一年的杜鹃声里,在重庆歌乐山下,他长成了苦涩的四月的风波。百年后,依旧是歌乐山下,四月天气……总有个人如他?来提醒我听杜鹃啼鸣。

这里站着多么超现实的文学青年,他甚至无来由地发表了一番超现实"雨论":"死亡是美的母亲。"(华莱士·史蒂文斯(Wallace Stevens))但雨不屈服于古典的死亡之耳,雨创造萝卜、煤、硬币……雨有银的牙齿、雷的眼皮、针的头、喉的泪。雨之父是石的基础,雨之母是风的基础。雨没有记忆,也没有回忆。

第二年立秋那天,他又去晋树亭望月,回来后,逢了雨,第二天便去世了。随着他的故去,我知道我们曾有过的那些对话,以及他的独白,那些惊人的词语呀,它们真的也会故去?!

"从没有什么东西比死更常常占据我的想象的,即使在我年龄最放荡的时候。"(《蒙田随笔·论哲学即是学死》,梁宗岱、黄建华译,湖南人民出版社,1987年,第75页)死亡就这样如影随形地一天到晚跟着他,跟着我,跟着你,跟着全人类;当然也跟着诗人T. S. 艾略特:

> 诞生,交媾,然后死亡。
> 如此而已,如此而已,如此而已,如此而已,
> 诞生,交媾,然后死亡。
> ——T. S. 艾略特:《斯威尼·阿冈尼司帝斯》
> (*Sweeney Agonistes*)

对于埃利蒂斯（1911—1996），诗要经得起白天的考验；对于张枣（1962—2010），诗要经得起正午的考验；对于济慈（1795—1821），诗要经得起夜晚的考验。而死要经得起怎样的考验？来读勒内·夏尔的《红色饥饿》（树才译）：

你疯了。

这多么遥远！

你死时，一根手指横在嘴前，
在一个高贵的姿态里，
为了截断感情的涌流；
寒冷的太阳青色的分享。

你太美了，没有人意识到你会死。
过一会儿，就是夜，你同我一起上路。

确定无疑的赤裸，
乳房在心脏旁腐烂。

静静地，在这重合的世界上，

一个男人,他曾把你搂紧在怀里,
坐下来,吃饭。

安息吧,你已不在。

树才译文其中一节如下:

你太美了,没有人意识到你会死。
过一会儿,就是夜,你同我一起上路。

张枣建议改为这样:

你太美了,没有人意识到你会死。
然后,就是夜,你同我一起上路。

2010 年 8 月 9 日初稿
2019 年 11 月改定

辑三 给张枣的诗

忆江南

——给张枣

> 在我最孤独的时候
> 我总是凝望云天
> 我不知道我是在祈祷
> 或者,我已经幸存?
> ——张枣:《云天》

江风引雨,随缘轻重
这是我病酒后的第二日
我的俊友,来
让我们再玩一会儿
那失传的小弓和掩韵

正午还会结满果实
我们走过的斜坡还在那里

不要急速地起身告别
这告别的学问深奥
需要我们一生来学习

就把那马儿系于垂柳边上
就把那镜中的生涯说说
是的,同里,我还记得昨夜灯下
你最后补饮的样子……
今夕复何夕,推开窗——

黑森林怎么不见了?
苏州郊区,你有一套公寓
是的,一切尽在眼前,
有片云会带来好运气
有个词将永藏在一本书里

三月三,年复年……
我们曾经的天赋青春呀
要保密到下一个地质年代吗?
我看到另一位隔江人
在黎明的雨声中梳洗……

注释一:"江风引雨",出自王昌龄《送魏二》一句:"江风引雨入舟凉"。

注释二:"小弓"乃大弓的对称,不是正式的武器,只用于游戏,定制二尺八寸,步垛距离以四丈五尺为准。"掩韵"亦古时游戏之一种,取诗中句子,掩藏其叶韵的一字,令人猜测,以得早猜中者为胜。

注释三:为何说"这告别的学问深奥,需要我们一生来学习"?里尔克有一个观点,即他认为人的一生中最难掌握的一门学问就是"告别"。我们该如何向亲人、情人或朋友告别呢?里尔克用他的一生在学习这门告别的学问。他在《杜伊诺哀歌》第八首结尾时就说过:"我们活着,不断地告别。"(程抱一译文)之后,曼德尔施塔姆在其一首诗中亦唱道:"I have to study the science of good-bye."翻译过来,便是:"我得学习告别的学问。"那"学问"对一位艺术家来说,可是了不得的"科学"(science)呢。帕斯捷尔纳克也说过,"做一个人,意味着懂得告别。活着意味着失去"。(见德·贝科夫《帕斯捷尔纳克传》,王嘎译,人民文学出版社,2016年,第688页)顺便再简说二句,中国人也有自己一套告别的学问,如庄子"鼓盆而歌"及陶潜的"托体同山阿";而日本人则有"一期一会"呢。告别的学问深似海——这一点我在许多地方反复说过——需要一代又一代人来不断发现。这不,一朝阅读,又发现博尔赫斯对告别也有研究:"道别就是否定永久分离,也就是说:今天咱们权且分手,可是明天还会再见。人们发明了道别,因为,尽管知道人生无常转瞬百年,但却总是相信不会死去。"

(《博尔赫斯全集·诗歌卷（上)》，浙江文艺出版社，1999年，第121页）

注释四:"马儿系于垂柳边上"，化用王维《少年行》中末句"系马高楼垂柳边"。也顺手借自张枣《镜中》一句"不如看她骑马归来"。

注释五:"镜中的生涯说说"，此句一看便知，是说张枣"镜中"般的青春形象。但也另有一个出处："万事销身外，生涯在镜中。惟将两鬓雪，明日对秋风。"（［唐］李益:《立秋前一日览镜》）

注释六:"同里"，地名，苏州同里；2008年春，我在那里举行的"三月三诗会"上，见到张枣，那也是我们最后一次见面。当时他是那么高兴，他还带领大家去看他在苏州买的房子。他对我说，他一定会在苏州写出好诗。我也为他感到高兴，好像他写诗的生活正在从江南悄悄开始。可惜两年后，他就去世了。

注释七：末二句化用吴文英《踏莎行》中一句"隔江人在雨声中"。

2010年5月4日
(2019年5月11日修订
2019年12月19日再改
2020年8月3日修改
2021年2月6日改定)

忆重庆

读到"机构凉亭"处，我停下，
我想到了两路口至鹅岭之间
那个凉亭，我为什么害怕走进去？
长路后，时断时续，入眠、醒来……
在烈士墓我翻到一篇《灯笼镇》
那里有你年轻时孔雀肺的样子
还有你唯一的一次生气的样子。

夏天，周而复始，常绿常新
正午的水面，金子波动……
"人或为鱼鳖"……前方有
我童年就一直牵挂的建筑工地
红砖墙后总会飞出来一块石头
砸伤我的眼睛；我当场发誓

总有一天，我一定会写出它。

一个小圆桌呈现了这户人家
那暗黄桌面，那1966年的洋气
那赤日炎炎，那大桥上的金戈铁马？
不，只是一些钢钎和流血的藤帽
夹杂着重庆上清寺邮局的气味……
劳动人民文化宫兽笼的气味……
语文书和小册子书的气味……

（终于有一天，我离开了城市）
春潮来自歌乐山山风？春潮
来自我农基课老师的第一次指引！
春潮，山间教室的日光灯——
黄昏窗正分得那数学王老师
呢喃的侧影；突然我感觉我起身
迎向老师，一下子长大成人。

注释一："烈士墓"，地名，位于重庆市沙坪坝区，这里是四川外语学院所在地，也是我和张枣第一次见面的地方。1983年至1986年，张枣在这所学校英语系读硕士研究生，并从此与重庆这座壮丽奇特之城结下很深的缘分。他在川外的那间小宿舍很快成了诗歌活动的中心,我们常常可以在那里看到各种南来北往的诗人。

注释二:《灯笼镇》,为张枣绝笔诗,写于2010年1月13日,离他逝世还剩下五十三天。

注释三:"孔雀肺"何时第一次出现在张枣的诗歌中?请见《卡夫卡致菲丽丝(十四行组诗)》第一首,其中得句:"我时刻惦着我的孔雀肺。"

注释四:"邮局"在这里是一语双关,既明确说我的父母在重庆市邮局工作,也间接说张枣的母亲在长沙市邮局工作。2019年3月,我在另一首诗《偶遇琐记》中写出了神秘好玩的两句:"钢琴家出自小商人,在中国是一个谜。/大诗人出自邮局,在中国这是另一个谜。"

注释五:此诗最后一节虽是写我幼时读书的情景,同时我也幻想了张枣在长沙幼时读书的情景。

注释六:"农基课",当时我上初中时的一门课程的名称:农业基础课。

2010年7月1日

忆故人

很久很久以前,一到冬天
雾气就会沾湿你的厚衣服
你轻盈的身体也由此变重

常常你独自在想些什么呢
我在想我曾有过人的诗才
同时还有一口秀美的牙齿

春天注意关灯,节约用电
这八字诗法已被我们盯上
在钢校、在川外、在西师

我们让诗发生、让诗销魂
我们会因交谈而休克、发疯

或行凶吗？我们昏倒在地……

多年后抒情终于有了下场
散步者沉思多于喜悦如你
忧伤者动辄爱走长路如我

注释一：此诗开篇便说张枣怕冷，冬天穿得厚。他年轻时的身体本来很轻盈，却在冬天穿上厚衣服，也是件趣事。

注释二：诗才与一个人的嘴唇和牙齿有关，这第二节说的是我和张枣年轻时爱说笑的事情，即以嘴唇和牙齿论人，认为坏诗人的嘴和牙齿都不好看。

注释三：本诗第三节故事参见前文《"我总是凝望云天"》相关文字。"钢校"，指重庆钢铁工业学校，诗人彭逸林当时在这所学校教书。"川外"，指四川外语学院。"西师"，指西南师范大学。

2010 年 8 月 6 日

在破山寺禅院
——兼赠张枣

夫天地者，万物之逆旅也；

光阴者，百代之过客也。

而浮生若梦，为欢几何？

　　——李白：《春夜宴从弟桃花园序》

"我们是否真的生活过？"

我在破山寺禅院内独步、想着……

一阵凉风吹来，这轻于晨光的风

令我不寒而栗，我听到了什么？

杜鹃声歇、鱼儿落泪……瞧，

有人向西天的白鹤借来了羽毛……

昨天过了，最后一天是哪一天？

院内早已没有了我们的声音

唯有诵经声应答着流水声……
唯有一个高大的导师走过石桥
他看上去真的是一个有故事的人？
那后面的人又该怎样看我们？
"相貌好的人偶尔会展现最高的美。"
紫式部说过这句话吗？是的。

那天，你黎明即起，身体如画
宿醉后，你的神态也是忘忧的
还记得昨夜那盏灯照得人生涩吗？
有个不祥的女人在山石旁望月
谶！屋角米缸盖子上压了一张纸
那是一个转业军人写的书法
好像他抄的是杨炼的一句朦胧诗

"我们是否真的生活过？"
我在破山寺禅院内独步、想着……
佛陀的兴起出于汉人高度的敏感性？
禅的独创性又使我们终于不同
我们更适合白药、藿香正气水、万金油。
那我们还有什么不能放下呢？

我决定按我的心意度过这无常的浮生。

注释：破山寺就是如今江苏常熟的兴福寺。我和张枣都曾在这寺庙游观、怀想、遥忆……

2010 年 8 月 16 日

你和我
——给张枣并兼及他人

一、歌乐山

那时你总说冷。但在川东狭窄的空气里，
你享受了寂静并呼吸顺畅。早春的歌乐山
道路清爽，树在滴水，你常在午休后起床
戴上围巾，出去走走，或曲折地攀上山巅，
沿途拍打矮矮的树叶并聆听它们密集的心跳……
我也沿着川外的铁路，不！跟随你的诗行：
"留杜鹃轻歌。我说，顶峰你好，还有
梧桐松柏无论上下，请让我幽会般爱着"。

二、川外之恋

怎样从自我之中变幻出无穷的他者，怎样
引来众演员依秩序登上我非个人化的舞台？

美是最重要的问题,而非生和死,我在想……
诗生活日复日优哉游哉,直到真实的金发
注定要生辉。不是吗?在我幽暗的宿舍里
连清瘦的苍蝇也吹起了欢快的单簧管低音——
啊,德意志!请听我们的声音那样丰腴甜蜜。
此刻是重庆幻觉!是莱茵河未来的曲线!

三、大连

后来,灿若星辰的圆宝盒从天而降,挂到
你我耳边,荡起了一个十万火急的突转;
后来,中学时代手风琴的鼻腔元音死了,
连同通化葡萄酒、招待所及饭票都消失了。
看那个大连人正摇晃着那个旁观者的肩膀
穿过自助银行,走进皮革办公室;祖国迎春——
日本烧烤与笔记本电脑集中刺激了诗会!
请过目这批摄影器材,请深夜来大谈心!

四、我们的初中

另一天深夜,你对我说起你的初中岁月……
让我先来想象吧,当然再次用你给出的画面:
"谁是黑暗,水果的里面;谁是灯,开启

之前；谁去山顶的上面，书未读完，自己入眠？"
那是个八月的黄昏，我来到一所山间中学，
校园空旷无人，唯两三燕子在凉荫下穿行——
接着天色转黑，我蜷睡在稻草铺就的床上。
醒来又无人，饥饿在胃里，什么在黎明里？

注释一："留杜鹃轻歌。我说，顶峰你好，还有/梧桐松柏无论上下，请让我幽会般爱着"见张枣诗歌《早春二月》。

注释二："谁是黑暗，水果的里面；谁是灯，开启/之前；谁去山顶的上面，书未读完，自己入眠？"见张枣诗歌《麓山的回忆》。

2010 年 12 月 14 日

再忆重庆

如回到重庆,张枣
就回到我们的青年时代
那只有我们才经历过的青春——
黑发欲飞,你已上路,何来急?
快!前面是早春北碚阴天的谈话节。

(其中有个人得罪我了,终生地,
但他无知,他天生乖戾,我判他丰都鬼;
还有个人被我终生热爱,他也无知,
作为礼物,他将被送出去很远……)

风景,曾何其准时(1983—1986)
歌乐山顶的黄桷树在八月总痛得乱抖
而诗已注定成为我们彼此的迷信

——一个个小星球，闪烁不停……

岁月流逝，知道吗，
病到了秋天就会好的
因为钢琴？不，不是钢琴！
是俄罗斯式的彻夜长谈的友情——
那胸部向左倾倒的小提琴。

注释一：从此诗可见，我们的谈话节（见张枣文章《销魂》相关文字，他认为我们"每见一次面都弥足珍贵，好比过节。我们确实也称我们的见面为'谈话节'"。参见《张枣随笔选》，人民文学出版社，2012年，第29页）从何时开始，从哪里开始，怎样开始，以及谈话节中的一些插曲，有关这些详细内容都可以在前文《"我总是凝望云天"》里读到。

注释二：为何说"歌乐山顶的黄桷树在八月总痛得乱抖"？那是说张枣的胃痛，他有一次真是痛得在地上打滚。

2011 年 6 月 24 日

在花园里

生活,晴朗的一天。
生活,一只橘子。
快点,艺术男邮差,
重庆有哲学生活。
迎上去!不要叹息;
迎上去,只注视——

好了,结束了,
晨星划过了天涯……
我们父亲的目光
顺着屋顶追去了麓山
他的思绪停在了
与儿子登临的往昔……

有人给我算过命,
那是个神秘的人
他说我活不过三十岁,
但去某地我会转运。
小傅看过我的掌纹,
他放言我寿命绵长。

有一本书又怎么说?
我无意中读到:
"远处夜晚的灯火
十分迷人,
他想到自己
将不久于人世,

想到他死后
孩子们的生活"
以及遥远的孩子们的
孩子们的生活……
我们人类的生活,
世上所有的生活……

注释一:"我们父亲的目光/顺着屋顶追去了麓山/他的思绪停在了/与儿子登临的往昔……"这四句诗描述和想象了张枣少年时与他的父亲周末去攀登长沙岳麓山的情景,张枣多次对我讲起这个故事,我们可以把这种行动(故事)看作父亲和儿子携手所做的一种连接中国文学传统的登高抒怀训练,那也是一种"诗言志"的日课。

注释二:至于第三节说张枣算命的事,本不想披露这个迷信,但还是简明说了这个故事。小傅,即傅显舟,音乐学家,住在烈士墓,四川外语学院旁边,他是我和张枣的朋友。他看过张枣的手相,认为张枣命相很好,本该长命的。

注释三:诗中引号内文字好像出自普鲁斯特《追忆逝水年华》,待查。

2012 年 5 月

张枣在图宾根

  幻觉。梨边风紧雪难晴吗？幻觉：
"家住江南，又过了，清明寒食。"
这可不是幻觉，图宾根除了哲学、
诗学和医学……点火樱桃添几枚？
韩国小商贩准时送来了辣椒和泡菜。

  曲折小街无人，正午火车站无人。
内卡河边的林荫大道上更是无人。
前方的国际讲师公寓楼也会无人？
无人，俄罗斯手风琴在秋风里唱。
无人，汽车站有个老人在醉中演讲。

  今晚 Paul Hoffmann 教授会来吗？
在荷尔德林耳畔，我将朗读夏天：

住在德国，生活是枯燥的，尤其到了
冬末，我和自己交谈，和自己散步；
岂止幻觉！推开窗尽是森林的图宾根。

注释：Paul Hoffmann（保罗·霍夫曼），德国图宾根大学诗学教授，已去世。1997年11月的一天，我在图宾根荷尔德林协会朗诵，那晚Paul Hoffmann教授因病未能参加，令我和张枣以及翻译家苏桑娜博士都感到非常遗憾。

2012年8月3日

香 气

一

厨房的香气来自哪里
来自长窗前那株洋槐
张枣式的电线香气呢
来自古风盎然的杜鹃
你晚年的香气来自你
青年时代的精神生活
从湖南再次回到湖南

二

重庆：回锅肉的气味
广州：牛百叶的气味
南京：鲫鱼汤的气味
成都：猪蹄花的气味

而其他城市的气味呢
让我们打开《厨师》
闻这香气的百科全书

注释一：为什么我会说"张枣式的电线香气呢/来自古风盎然的杜鹃"？那是因为我与张枣最初在重庆四川外语学院他宿舍见面的那个中午，他对我朗诵的一首诗正是《四个四季·春歌》的草稿，当时这首诗还不是这个名字，叫《春天》（我手上至今还保留了这份当时的草稿），这首诗的开头和结尾给我留下极深的印象，过目难忘。开头是："有一天，你烦躁的声音/沿长长的电话线升起虚织的圆圈"……结尾是："你要我发芽要我走近一点再近一点/紧紧地贴着我你的微肿的白香皂的脸"真是既有敏感性又妙趣横生，尤其是电话线，从此被我牢牢记住。多年后，我终于写出了我记忆中的这一句"张枣式的电线香气"。而歌乐山的"杜鹃"春天歌唱、泣血，近在他的学生宿舍窗畔的森林里，也是极为应景的诗事。他常提醒我要好好聆听这杜鹃声。为此，我再得句"古风盎然的杜鹃"。

注释二：诗中的《厨师》指张枣1995年写的一首诗。毫无疑问，他的这首诗就是我心中美味佳肴的百科全书啊。

2012 年 9 月 3 日

夜半，想到张枣

在你死去两年半后的一个夜半，我又记起了你的电话号码，那电话在某一年曾经响个不停……我又记起了你多么诗性的邮箱（远方的枣）——fernzao@hotmail.com——2010年2月，末日吐露，我的信仍在抵达！都写了些什么？我知道我其实无法表达。夜半，我在马桶里发现了一根黑发——夜半，一个你熟悉的惊叹号在水中浮起。

2012 年 10 月 4 日

问余姚

　　一生就这样错过:一棵树、一片云、一杯酒;一条山间细窄的白路,一曲灯芯绒幸福的舞蹈。张枣(1962—2010)吗?在江南余姚,我想到……是的,肉体多悲哀。错过,书已读完。

　　待那口撞钟撞出的钟声是一个新生,待递来的迪拜红枣不是阿尔及尔椰枣,那个多思的老人就会问:我错过了谁?错过了余姚朱舜水(1600—1682)还是余姚吕焕成(1630—1705)?很可能我错过了转世的张枣。

2012 年 10 月 13 日

一个片段, 从长沙到重庆

夜还如1978年隆冬那样美吗?
她很年轻就老了,仅仅三个月
"微肿的白香皂的脸"从长沙
变大了?而另一个长沙人
舌头喊累,胃痛,小腿抽筋
他的心会变得比她的脸更大?

春天在烈士墓的草地上午餐
就等于在死人的身上午餐?
是吗?我想人们肯定会有一次——
我们躺下,仰望晴空,读出声来:
"青草应该生长,孩子们必须死去。"
(维克多·雨果就是这么说的)

注释一:"微肿的白香皂的脸"出自张枣诗歌《四个四季·春歌——献给娟娟》。

注释二:诗中的烈士墓,位于重庆沙坪坝区,而四川外语学院也恰好位于烈士墓。

2012 年 10 月 30 日

叶芝和张枣

悲夫,川阅水以成川,水滔滔而日度。

世阅人而为世,人冉冉而行暮。

人何世而弗新,世何人之能故。

——陆机:《叹逝赋》

A man who does not exist,

A man who is but a dream;

——W. B. 叶芝: *The Fisherman*

1916 年 2 月,伦敦,

我为谁写下了《渔人》?

"……在我年老之前

我一定会为他写一首诗,

一首也许像破晓一样

寒冷而热烈的诗。"

后来,2010年3月,

只要有风从长沙吹来

只要有雨落在歌乐山

(哪怕银鱼泪眼一滴)

只要有鸟冲出望京的喉咙

只要有树高飞于江南天……

在谦逊与骄傲之间

在保守与先锋之间

在和平与愤慨之间

在单纯与复杂之间

在 to be or not to be

两个绝对极端之间

"樱桃核吐出后比死人

更多挂一点肉"?

那肉在哪里呀?!

永恒的叶芝和张枣,

不,也是我们,人人

将走完自己的一生。

注释一:歌乐山,位于重庆沙坪坝区,四川外语学院就在歌乐山下。

注释二:望京,属于北京的一个居住区,被公认为是整个亚洲面积最大的、所含人口最多最密的居住区。

注释三:"樱桃核吐出后比死人更多挂一点肉"见张枣诗歌《祖国丛书》。

2012 年 11 月 12 日

张枣从德国威茨堡来信

对于未来的诗人,我只是一个谜。
　　——蒲宁

蛛丝一缕分明在,不是闲身看不清。
　　——袁枚

长的是磨难,短的是人生。
　　——张爱玲

1987年4月我在威茨堡大学读闲书……
思考人生和哲学,怀念故国与朋友;
一个秘密,你懂!《叶芝自传》令我
整日销魂沉沦。5月1日我想到你,
莫怕,现在我就赠给你一句寓言:

你是一只青蛙，理应想青蛙的办法。

5月12日我又迎来了我美丽的正午，
中午依然睡午觉，约一个半小时，
黄昏，我开始散步（这习惯如午休
也来自故国），我开始构思一首诗
《楚王梦雨》，我感觉它将惊人！
我呼吁世界一定要注意这首诗。

接下来，诗歌又是多天没有发生了，
我心急如焚，我在一条小狭石径上
走来走去、喃喃自语，不停地吸烟……
怎么办？唉，我没有听众。怎么办！
我可不是幽灵，那他人则定是幽灵。
请再给我些时间吧，胜算在握的楚王。

注释一：威茨堡，地名，位于巴伐利亚州，纽伦堡附近；威茨堡大学是张枣到德国读书的第一站。

注释二：诗中相关故事，参见本书附录中张枣1987年5月1日（第二封信）和1987年5月12日（第四封信）致我的书信。

2012年12月4日

边抄边写

——读张枣翻译诗

民国时节春风和气,燕子飞来枕上
"我在树下安详入睡……"
任那"李子从熠亮的白树掉落"

"他提着灯笼,寻找某个正直的人。"
是因为古典课题触动了他的心灵?
"要么梦见生活,要么落实生活。"

绝壁羞于妩媚,敬亭山宜于独坐,
他说他正看见了一匹骆驼经过针眼,
别,别,别,别让它步入歧途。

怎么转眼你就去了南德,一个秋天
在图宾根,唯诗人唯此为大,看

"你的双臂摇摆有致,融入蔚蓝。"

注释一:见丰子恺画"燕子飞来枕上"。(《学童诗》:燕子飞来枕上,不复见人畏避,只缘无恼害心,到处春风和气。)

注释二:诗中引号内句子皆出自张枣所译外国诗歌(见张枣《春秋来信》,文化艺术出版社,1998年,第163—178页),"我在树下安详入睡……"见勒内·夏尔《泪水沉沉》;"李子从熠亮的白树掉落"见勒内·夏尔《第二次沦落》;"要么梦见生活,要么落实生活。"见勒内·夏尔《那是秋天,我们在一个明净、有点儿不确定的早晨》;"他提着灯笼,寻找某个正直的人。"见谢默斯·希尼《山楂灯笼》;"你的双臂摇摆有致,融入蔚蓝。"见乔治·特拉克尔《给小男孩埃利斯》。

2012年12月26日

想念一位诗人

写诗的速度超过命运的速度
那其实不是你,你命运的速度
比写诗快得多。这一点我从
没想到过,我又何曾想到了
吃需要独处,思则反要群居。

人的生命一诞生就被注定!
祸相起于习惯,福相也起于
习惯。但死亡从不懂得道歉。
自作自受吗?人处理人生的
方式只能由领命者自己决定——

活得越寂寞,抱负就越专注。
举头越抒情,低头就越疑惑。

分分秒秒，江东子弟卷土重来——

不作苍茫去，真成浪荡游。

那心如止水的人不是你是谁。

注释一：真的是吃需要独处，思则反要群居吗？仁者见仁智者见智。张枣年轻时则反之，他吃是聚众，思反而是独处。

注释二："江东子弟多才俊，卷土重来未可知"这两句杜牧的诗，也是张枣平日喜欢挂在嘴上的。

注释三："不作苍茫去，真成浪荡游"出自宋代诗人萧德藻的诗《登岳阳楼》。

2013 年 2 月 25 日

在北碚凉亭

——忆张枣

一定是来自长沙的风穿过了凉亭
在北碚,在什么样水果的诗篇里
你的命运才得以如此平静……
你汗脚的气味也幸运地消失了

这个幸福的下午一直要等到我
五十七岁这一天才能最终认出
是因为达玛帮你系好了鞋带
也是因为我们偷吸了两支香烟

世界呀,风会从綦江吹来吗?我
倒想它从合川的嘉陵江上吹来
花开花落,种花者已死去多年
可春天总还是要多出一个正午

日子以秒针计算着你告别的日子
真的！我发现你站在了黄河岸边
当你用右手不停地缭绕着想念……
"一种瑞士的完美在其中到来。"

注释一："北碚凉亭"，指重庆市北碚区，西南师范大学行政楼旁，那座小丘上的凉亭。记得当时——1984—1986年我与张枣多次登临。

注释二：第二节是说那天下午，张枣和他的德国未婚妻达玛来北碚西南师范大学见我的故事。

注释三：但愿风不要从穷凶极恶的綦江吹来；宁肯从合川吹来，因合川至北碚这一段嘉陵江水尤其秀美。

注释四：张枣一直自称是一个"正午的"诗人。

注释五："一种瑞士的完美在其中到来。"（见华莱士·史蒂文斯《最高虚构笔记》）

2013年3月5日

一封来自 1983 年的情书

——为一对曾经的恋人而作

1983 年春,
火车离开重庆开往南京……
　　——序曲

有个声音将来消磨于南京
为何不在武汉或者长沙?
有个声音已经消磨于重庆
不是三年,只有一天——
那天每秒都在变。陡变!
记得吗?我们翻开一本字典
就看见 doom(在劫难逃)

歌乐山巅延绵着多少山巅
你说你爱上了我俩的登临
而我们即将同窗的英语课呢,

你没上,你朝闻道来初恋,
夜已四肢相爱……转眼,
陌生的灯泡出现在了南京
像儿子,吊在我们中间

多年后,你没有想到吧,
我仍喜爱写信,但你却变了,
你不再眺望,不再当英语老师
一个消息来自苍茫云海——
世上绝不存在两棵相同的树
哪会有两个永远相爱的人?
悲剧!我们在特里尔重逢!

注释一:"doom(在劫难逃)",为什么在诗中直接用了英文,那是为了增强一种现场感。记得张枣当时告诉我,他和他的女友当时在火车上玩翻字典测命运的游戏,结果一下就抽到这不祥的单词。

注释二:"陌生的灯泡,像儿子吊在我们中间"见张枣诗《南京》。顺便说一句,张枣写的这首诗《南京》,含有张枣当时在南京某大学教书的女友的身影。再顺便说一句:我的这首诗是专门为这对曾经的恋人而作的。

2013 年 3 月 8 日

边抄边写（二）
——从长沙到图宾根

    风吹开了 1978 年
    湖南师范学院的书页
    一本，二本，三本……
    幻美集在正午闪光

    夏日的麓山很近，
    有一种人与物的相亲
    那是"亲密又亲密的知己。
    星球的一种鼓励。"

    我十五岁的长沙
    "安宁，它自身是夏天和夜，
    它自身是读者倾身到晚间
    并在那里阅读。"

1986年西德,

我卷好一支烟,一丝乡音传来:

"太阳曾经照亮我;

在重庆,一颗露珠的心……"

1995年图宾根,

"我们在晚风中布置好了居所,

在那儿,一起厮守,

已经足够。"……

注释一:"亲密又亲密的知己。星球的一种鼓励。"见张枣译华莱士·史蒂文斯(Wallace Stevens)《世界作为冥想》。

注释二:"安宁,它自身是夏天和夜,它自身是读者倾身到晚间并在那里阅读。"见陈东飚译华莱士·史蒂文斯(Wallace Stevens)《房子曾无声而世界曾安宁》。

注释三:"太阳曾经照亮我;在重庆,一颗露珠的心……"见张枣诗《早春二月》。

注释四:"我们在晚风中布置好了居所,在那儿,一起厮守,已经足够。"见张枣译华莱士·史蒂文斯(Wallace Stevens)《内心情人的最高独白》。

2013年3月14日

月之花

一

长椅安置的地方很是幽僻,浓绿撒下;
周遭的丘陵地貌温和,长满了橡树;
夜鸟之音穿越密林,婉约而至

幽暗暖暖,溪水喃喃,阳光零星
小昆虫香客般忙碌于花朵,热热闹闹,
内博思坦很欢喜。偶有不速之客上门来
可天黑前,客人都将离去,因内心有怕,
因岛上出了一些神秘的事情……

是小白菊吗?内博思坦先生,中午,
在我眼里,从来都是慢慢地流逝……

二

面对这无名的小植物。内博思坦开始朗读,
开始给这小植物看许多图片——
高树、奇花、草原……成长吧,日复一日
可总有什么东西在暗中潜行、窥察

夏夜天空深蓝,浅云飘过,似游弋的巨鱼
那无名的植物长出硕大的花蕾,日复一日
内博思坦面对它演戏、上课、扮鬼脸……
怪招不停,催促花开,可花就是不开

三

夏末,有一天,几乎是一个满月之夜
一小点光亮,接着又是一点,一点,一点……
飞旋而至,像颗颗尘埃,闪进了室内

内博思坦无心留意,也无计可施,
他已完全筋疲力尽,倒头入眠

第二夜,他突然看到了一个异景,那花蕾

在满月下绽开了,若精美的云朵银尘般缭绕,
而花瓣的四周舞动着成百上千的光点……

注释:以上这些我编辑串联的文字,绝大部分出自张枣的译文《月之花》([德]艾纳尔·图科夫斯基,江西科学技术出版社,2010年)。

2013 年 11 月 26 日

钓云朵的人

一艘船是伸向大海的一截舌头吗？
这古怪的静夜一片漆黑，风声偃息
唯有喜沙草弓起身子，躲避着风暴
那异乡人别船而来，步入这间荒屋

岛上人震惊于这异乡人的怪诞行为：
突然，他用绳子缚云将其系于屋顶
突然，他让鱼群和海鲜从云间滴落
突然，洗干净的肥鱼挂上了晾衣绳

多年后，在更远的远方，异乡人走进
另一间荒屋，每当清晨，他在那儿
观测天象，伺机以待，捕捉云朵，
天天收获那些从天而降的漂亮群鱼。

注释：以上这些我编辑串联的文字，绝大部分出自张枣的译文《暗夜：海滨故事·钓云朵的人》（［德］艾纳尔·图科夫斯基，江西科学技术出版社，2010年）。

2013 年 11 月 26 日

四月日记
——在瑞典重读张枣《四月诗选》

四月,两天的鱼,三春的鸟,
我在瑞典的南方过一座石桥。
幽灵公主,她会从东方来吗?
当然!康有为在此买了个岛。

四月,孔子在 Karlstad 住下,
我在瑞典森林喝绝对伏特加。
你潜心静气地做着语言实验——
特朗斯特罗姆是你的新偶像!

四月,诗篇幻美,纷纭从风
急飞过瑞典高深莫测的天空——
不是吗?汉学生在瑞典学到的
第一课就是高本汉讲的《左传》。

西方走东方的路？东方走西方
的路？但我不说。我说来自
北碚的诗人在四月白得发亮的
灯下，细究《四月诗选》的语法。

注释一：再说一遍，《四月诗选》是张枣1984年4月在重庆北碚西南农业大学周忠陵处，油印的第一部诗集。

注释二：为什么说孔子在Karlstad住下？这说的是西南交通大学和瑞典Karlstad大学合作创办"孔子学院"的事情。

注释三："你潜心静气地做着语言实验"出自张枣1984年写于重庆的名诗《秋天的戏剧》中一句"我潜心做着语言实验"。

注释四：瑞典诗人特朗斯特罗姆是张枣的新偶像，我1997年11月在德国图宾根与他见面时，听他仔细谈论过。

2013年12月19日

树　下

一

翰，鸟飞也，昼与夜……
2010 年，3 月 8 日，
图宾根森林最后一夜
但不是万类的最后一夜
你穿上西装摆脱了痛苦

万亿年后，在东方，
还有一面镜子在等候你
你活得比世界还要长
你那不变的湖南血统
简直令诗人们望尘莫及

思其人，爱其树，
如果时间还要继续……
1997年，我有些激动
我决定不去金陵去柏林

二

人间有多少荫凉，
我只喜欢水井边阳光的荫凉。
那儿李子树一开花，
猪仔就收拢双耳。

鱼在水里，树在土里，人在尘世里……
一只苍蝇停在一个蹲着撒尿的
小姑娘的脚趾上。

眼泪轻易就流出来了，
一阵快感，泪涌若急雨
那好像是西欧的天气？

阅读在树下、思考在树下
那爱你的英语老师

从南京来到特里尔

朗读,也在树下……

注释一:2010 年 3 月 8 日夜,张枣在德国图宾根逝世。

注释二:1997 年,我从南京申领护照去国外,到的第一个地方就是柏林。

注释三:那阅读、思考在树下的英语老师,说的是张枣年轻时的女友。

2013 年 12 月 26 日

长 沙
——为少年张枣而作

> 今天多好,打开书,
> 你又和我在一起了,
> 来自长沙秋天的友人
> ——题记

年十五,我要去上学
人间已变,长沙春轻

苦夏亦好,一九七八
少女一定来自湖南吗?

布衾多年冷似铁。娇儿!
你听到了好玩的味道

看反宇飞风,伏槛含日
爱晚亭上,白云谁侣……

爸爸妈妈,祖父祖母
我的心好像不在长沙?

瞧瞧,我将去哪里呀!
我的背篼还派不上用场

注释一:"布衾多年冷似铁"出自杜甫《茅屋为秋风所破歌》,同时也是少年张枣从其祖母那里获得的最初的诗歌敏感性体验。此点,他对我多次说起。相关故事细节——"布衾多年冷似铁,娇儿恶卧踏里裂"——还可参见颜炼军对张枣的访谈:《"甜"——与诗人张枣一席谈》。

注释二:"反宇飞风,伏槛含日",见梁简文帝《长沙宣武王庙碑文》。据西南交通大学硕士生王治田指出:"反宇"为卷起的屋檐。再据西南交通大学教授罗宁博士指出:"伏槛含日"为日光映在窗棂栏杆上。

注释三:"白云谁侣",见孔稚珪《北山移文》。

注释四:为何说"我的背篼还派不上用场"?因那时张枣才十五岁,刚考入湖南师范学院外语系英语专业,根本不知道何时能来重庆,所以背篼还派不上用场。据说,张枣后来到重庆读研究生时,就背了一个背篼,里面装着行李。因为他妈妈说,重庆那边是山城,人出门都要背一个背篼。结果张枣到重庆一看,只有他一个人背着一个背篼。(详情参见诗人马拉2010年3月11日发表于《重庆晨报》的文章《张枣:背起菜背篼到重庆》)

2014年1月12日

请不要随意地说

> 1997年，张灯在童年的德国旋律里
> 夏天还剩多少天？在白过的白云天……
> ——柏桦

请不要随意地说我的一生，
可我还是想说一遍：时间，
请原谅我，我正接近终点——
十二月，只剩下最后一周——
我一定要成为自己，绝不
能再被他者的生活累到了。

德语早"通过丛林般变格"
张灯结彩回到了图宾根车站。
前方有森林，红马来试奔——

临窗望,我思想:"儿子,
别说云里有个父亲",别说
青蛙只能想出青蛙的办法……

也请不要说什么美是难的。
希腊不真实。怪事发生了,
一天深夜,为推敲瑞典诗
我忘了在边境给谁打过电话:
注意那封信!那不是惊恐,
是惊骇!百年后它还在叹气……

注释一:"张灯结彩"是指张枣的两个儿子,大儿子叫张灯,小儿子叫张采。

注释二:"儿子,别说云里有个父亲"见张枣诗歌《云》。1996 年,张枣为他的儿子张灯写了一首非常优美、高级而深奥的诗《云》。1997 年 11 月,我在德国初见这首诗就十分吃惊,记得还问过他是怎么写出来的。

注释三:1997 年 11 月的一个深夜,张枣从他家的书架上取下瑞典诗人特朗斯特罗姆的英文诗集为我朗读并讲解了一首神秘的诗,那是一首关于一个人和一封信重逢的诗……

2014 年 1 月 20 日

春天之忆
——早春读《黄珂》,想起张枣

"睡不着呀?""呵,你也喝点不?"
黄珂兄,这静夜对饮,我们仿佛
曾经有过,此刻我们只在临摹从前。

往下读,我打开了一本更古老的书:
八月并州,元遗山惜别南飞的大雁
已凉天气,韩冬郎还在白日做梦。

徐志摩轻轻地似一只燕子穿帘而去
冯至的寂寞还像蛇一样滑过了吗?
戴望舒病起尝新橘,秋深添衣裳

此刻,我们醒着,说着,补饮着……
那寒春病酒的人,不是我,是谁?

那无心枯坐的人,不是你,是谁?

晨曦,剪剪风儿恻恻冷,幻觉北京!
我喝完一瓶橙汁,乘早班车去上课——
"就这样,我们熬过了危机。"

注释:整首诗可以看作张枣和黄珂的对话,也可以说我想象了他们之间的对话。黄珂是张枣晚年在北京最要好的朋友之一,他常去黄珂家赴那京城著名的"黄门宴"。他还主编了一本书《黄珂》,并于2009年7月由华夏出版社出版。本诗开篇所引来的句子出自张枣写黄珂的那篇著名散文《枯坐》。结尾一句出自张枣的诗《枯坐》。

2014年2月3日

橘　子

《橘颂》后，有人说橘子是易哭的
有人说橘子是中国哲学的源头
而你说："经典的橘子沉吟着"
它具有青年德意志初冬的汉风

橘子人生，橘子楚辞，橘子儒
释道，橘子谶纬学。请问问看
今之长沙人多识了鸟兽虫鱼后
是否必须带上一枚橘子上路？

橘子昂藏后含羞，养气后养空
多少年未遇之大变局啊，橘子——
并非人人都能独立寒秋作橘子洲头
但张枣要为上海作《大地之歌》

注释一:"橘子"是张枣很爱在诗中写到的一种水果,平时谈话时,也爱说到橘子。

注释二:"经典的橘子沉吟着"为张枣诗句,出自《断章》第七首;在《跟茨维塔伊娃的对话》第八首,我们又逢着了这样一句:"谈心的橘子荡漾着言说的芬芳。"

2014 年 3 月 4 日

过 桥
——忆张枣

> 那有着许多小石桥的江南
> 我哪天会经过……
> ——张枣:《深秋的故事》(1985)

有一天你将忆吴云越水烟柳画桥
也忆蓝空下岷江上摇晃的铁索桥……
那天,我们在都江堰直谈到天黑——
少年游,威茨堡的三只小蝴蝶呀……
少年游,历历晴川,长沙娟娟!

我知道那坐冷的人也是坐新的人,
但这并非夺胎换骨来成就一个诗人。
我知道那是我的生活而不是神秘
(可惜直到五十八岁你才懂得这点)

空调能再开高一点点吗,达玛?

达玛("我的妈妈,我的老师")
春节过完,我会等你从香港归来
不要理那瑞士人,不要理那上海人……
销魂人,今是张枣,古是柳梦梅
过桥人,过独木桥,也过断魂桥

注释一:威茨堡,张枣到德国读书的第一站——威茨堡大学。

注释二:"三只小蝴蝶",1987年9月15日,张枣在德国威茨堡大学写了一首诗《三只蝴蝶》,其中就有这样的一句:"三只小蝴蝶正飞向一枝嫣红的花朵"。

注释三:长沙娟娟,张枣初恋女友。

注释四:"空调能再开高一点点吗,达玛?"是张枣在对达玛说话。张枣很怕冷,而达玛觉得空调温度已经适合了。

注释五:达玛(张枣最初叫她达格玛),张枣的导师、恋人,也是他第一任妻子。

注释六:为什么张枣叫达玛不要理那瑞士人和上海人?因那两个人当时也在追求达玛。有关当时多人与张枣同时追求达玛的故事,这里就不展开多说了。

2014年6月17日

重庆，后来……

重庆，这一天凉月欲升，长日未落；
这一天哀乐中年，如在春半；
春阴阴而畏寒，人就吃一碗鸡汤饭。
总有销魂事，吾友，1984 年……
那川外电灯泡里还有电的痛吗？
那老太婆还真如少女飞奔起来——
灰冷红羊诗凶，避谶如险如闲

后来，人在璧山，晚来风吹……
整整三十年看风景要不动声色？
人，我在想，怎样保持喜悦的分寸
——这是一个问题（很迷惘）
树之中，为什么梓柯树不怕火
人之中，为什么偏偏你溢于言表

人,醒来灯未灭,相逢教惜别

注释一:"那川外电灯泡里还有电的痛吗?/那老太婆还真如少女飞奔起来"出自张枣为《左边:毛泽东时代的抒情诗人》所写的序言《销魂》。(参见颜炼军编选《张枣随笔选》,人民文学出版社,2012年,第30页)

注释二:"灰冷红羊",见清代诗人吴存义诗词《台城路》。红羊,指丁未年红羊,有凶灾。这里是说我们当时写诗有惊、有险、有疯,但最终化险为夷,因此如险如闲。这既是说写诗的冒险性,也是说惊险中的闲情逸致。

2014年6月23日

镜中少年

——和张枣 《镜中》

炼尽少年成白首,

忆初相识到今朝。

　　——白居易

儿童是成人的父亲。

　　——华兹华斯:《彩虹》

《使徒行传》说:

"你们的少年人要见异象,

你们的老年人要做异梦。"

可谁说镜中少年宜于创造

而不宜于判断?

1969年,

镜中少年的自我

早在那镜像里炼成——

一个夏天,
那看罢电影《宁死不屈》
的少年在背台词——
"墨索里尼,总是有理,
现在有理,永远有理"
一个夏天,
老木匠流畅的刨子
被他涂满了松节油。

是的,少年人恨老年人,
一代又一代……
是的"我很少写诗,
除非是生了重病"——
这汉语的希罗普郡少年
本身就是时光啊!
茨维塔耶娃从不愿意
把美少年让给少女。

黑夜遮掩抱朴守一树,

白天敞开华而不实树。
人，生我即死我，
或相反，死我即生我。
少年比老年言说流利，
春日美过了冬日？
少年比老年更接近神。
你说对吗，张枣？

注释一：一观便知，这首《镜中少年》可看作是我与张枣《镜中》的对话。在此，专门抄来张枣1984年秋冬之际写出的不朽之作《镜中》：

> 只要想起一生中后悔的事
> 梅花便落了下来
> 比如看她游泳到河的另一岸
> 比如登上一株松木梯子
> 危险的事固然美丽
> 不如看她骑马归来
> 面颊温暖，
> 羞惭。低下头，回答着皇帝
> 一面镜子永远等候她

让她坐到镜中常坐的地方
望着窗外,只要想起一生中后悔的事
梅花便落满了南山

  注释二:"茨维塔耶娃从不愿意把美少年让给少女",此说参见〔俄〕萨基扬茨《玛丽娜·茨维塔耶娃:生活与创作》,广西师范大学出版社,2011年,第197页。

2014 年 6 月 30 日

他们的一生

> 鹤飞得很快很快,发出哀伤的叫声,
> 声音里好像有一种召唤的调子。
> ——契诃夫:《农民》

那天
她有一种越南的宁静
她刚吸进去一口武汉
就迎春来到川外,美
长大了,是有用的……

为了
两天考试,一趟火车
(南京自古注定是个插曲)
看,我写给你的诗的字体

比勤奋的姐妹还要年轻……

幻觉
夏天的身体竟没有汗水
有一天，在石婆婆巷口
我发现你挑选水果的手指
突然我不信人难免一死

失眠……
蜗牛脱壳；苦桃、老木、巴黎
我这颗心的楚国呀，真快
枣也诗无敌，三天鹤来迎！
傍晚天欲雪，天空要继续……

注释一："川外"，四川外语学院的缩写。诗中的她是张枣当时的女友。他们两人因同时参加四川外语学院英语系研究生复试而在川外初次相逢。

注释二："老木"，"北大四才子"之一，另三位是西川、海子、骆一禾。诗中的"巴黎"是说老木一直在巴黎流浪的事。2016年，老木结束了在欧洲的流浪，回到他的家乡江西。又及：老木和我以及张枣在1987—1989年有很多来往。2018

年4月4日,我突然收到老木的短信:"我是老木。我于2016年回了中国。近期,我周末来一趟成都。"可以想象,读到短信,我是多么震惊!我当即写了一首诗《致老木》。

注释三:"枣也诗无敌",是说张枣诗无敌,化脱自杜甫《春日忆李白》劈头一句"白也诗无敌"。

注释四:"三天",即道教的"三清"——神仙居住的最高境界。《云笈七签》卷三:"其三清境者,玉清、上清、太清是也。亦名三天。其三天者,清微天、禹余天、大赤天是也。"

注释五:"傍晚天欲雪"出自"晚来天欲雪",见白居易《问刘十九》。

2014年10月23日

年轻时

你是不是预言中的年轻的神?
——何其芳:《预言》

年轻时,
我们一见就说话
艳羡春星草堂,
惊讶利涉大川,
也迷信佛寺多运气,
名山出神药。

我们节约用电吗?
我们随手并没有关灯,
直到某一天,在川外
我们来写诗——

幻美来自初夏，
好运也来自初夏。

那人间小如歌乐山，
那钓鱼人成钓云人；
你等会儿，可别笑
那采药人是讨幽人吗？
全披着风，披着水，
披着渣滓洞的清闲。

我们的记忆
年轻时去了哪里？
白发晚年，看
鱼从天落，药自风生……
那钓云人去了南德，
那讨幽人来到江南。

注释一：关于"年轻时，/我们一见就说话"，可参见张枣写的一篇散文《销魂》(《张枣随笔选》，人民文学出版社，2012年，第27—31页)："我们确实也称我们的见面为"谈话节"。我相信我们每次都要说好几吨话，随风飘浮；我记得我们每次见面都不敢超过三天，否则会因交谈而休克、发疯或行凶。常常我们疲惫得坠入半昏迷状态，停留在路边的石头上或树边，眼睛无力地闭着，口里那台词语织布机仍奔腾不息。"

注释二："春星草堂"典出杜甫名句"春星带草堂"（《夜宴左氏庄》）。

注释三："利涉大川"，出自《易经》。也指涉 1980 年代的诗人们写诗的风气，那时的诗人多好谈《易经》，北京诗人以杨炼为主，四川诗人以"整体主义"诗人为代表。张枣当时也在风气的感染下写过一首颇有才气的诗《十月之水》，此诗题记就以《易经·渐》中一句开篇："九五，鸿渐于陵，妇三岁不孕。终莫之胜，吉。"

注释四：节约用电，随手关灯，是说我和张枣年轻时爱玩的一种写诗游戏。参见前文《"我总是凝望云天"》相关文字。

注释五："你等会儿，可别笑"，此句暗藏了一个好玩的故事，简说如下：张枣曾告诉我，"你等会儿"，就是李登辉的谐音。说的是有人上厕所，外面等的人很急，就问里面的人上完厕所没有，里面的人说："你等会儿"（李登辉）。

注释六："鱼从天落"，典出有二：一是杜甫"骤雨落河鱼"（《对雨书怀，走邀许十一簿公》）；后，全大镛注："明万历丁酉，楚墩子湖忽龙起，是日雨如倾，鱼从云中散落百里，家家得鱼。"二是张枣所译《暗夜》（［德］艾纳尔·图科夫斯基，江西科学技术出版社，2010年）中相关的故事，亦可参见我前面写的一首诗《钓云朵的人》。

注释七："南德"，指德国的南方。

2014 年 11 月 20 日

五 月

……人们早已知道，也用各种方式歌唱过，"生命的五月，只有一次，永不再来。"
　　　　——赫尔岑：《往事与随想》

五月，在一首诗的题记里，
我写下：变意味着得与失。
五月，在另一首诗的开篇，
你说：信是他心跳的声音。

再好听的声音也会消失殆尽——
夜莺、张枣、我们的妈妈……
暖和的黄昏，最后的医院
人，看到的总是少于回忆……

那天,你南京的女友穿上了
最美丽的衣裳;后来我经过
悄声细语的人群,抬头见西藏——
多么可怖的雪峰,太近了;

而世界之友即星辰之友啊!
而神祇八百万,凄凄去亲爱
都是少女红,她们个个低着头
在五月,与你我擦肩而过……

注释:张枣1984年曾经为当时在南京某大学教英语的女友写过一首小诗《穿上最美丽的衣裳》。

2015 年 6 月 27 日

懒　想

（为 1978 年以来在四川外语学院学习、工作过的一些人而作。）

歌乐山的云，很凉
　　——顾城:《永别了，墓地》

我记忆中歌乐山的细雨
给人的感觉不是抑郁是恨意……
　　——柏桦

夏天不潦倒，重庆如何翻身，
不让位给星期二哪来星期一。
懒想，夏天刚刚从天而降——
懒想，光阴已吞下了歌乐山

好！让我们罗列一些名字：

我中学的武继平、王晓川、
胡穷宇、任广勇、栗爱平
彭飞轮，还有两个我已忘掉……
还有我后来认识的蓝仁哲
你命中的谶！"我弥留之际"

还有无数活着的或死去的人——
廖宛虹、傅显舟、张枣
杨伟、李伟、黄瀛、田海林
杜青钢、刘波、林克、戴小羚
米佳燕（现改名为米家路）

重庆的未来呢？是谁的？
我不知道，我也不关心。
重庆是上清寺的、牛角沱的
沙坪坝的、烈士墓的、北碚的
甚至石桥铺的、学田湾的

以及杨武能抒情的来信……

很多年后,重庆注定有两行诗
会奇异地响起,在我的周遭——
我儿时的重庆!多么重庆!
死人的名字多么鲜明。

注释一:此诗虽然不是全写张枣。但其中好多人都与张枣相熟。武继平是我和张枣见面相识的介绍人。蓝仁哲(1940—2012)教授是张枣在四川外语学院读书时的研究生导师,也是我尊敬的老师。他逝世前,刚翻译出版了福克纳的小说《我弥留之际》。

注释二:"不让位给星期二哪来星期一。"出自契诃夫"不让位给星期二,就没有星期一。"见其《契诃夫手记》,浙江人民出版社,1982年,第103页。

注释三:诗中出现的人名全来自重庆烈士墓歌乐山下的四川外语学院,他们曾在那里学习或工作。目前,只有一人——杨伟——还在那里,其余的都已离开,一些人已去世。其中最富传奇性的两个人,一是田海林,可见我为他写的一首诗《田的一生》;二是李伟,我也为他惊艳的悲剧写了一首含蓄的小诗《深夜怀李伟》。

2015 年 7 月 22 日

信

"信是凡间的一种欢乐,众神却无法得到。"
——狄金森

"我们都是寄给上帝的信。"
——纳博科夫

信呢?张枣最爱!
——柏桦

你的信刚刚寄到。我的信该发出去了。
——茨维塔耶娃致里尔克的信

童年有何意义?命难熬,除了仰望星空
(无论冬夏)就是寻找伙伴、读书、写信……

有一夜——那已决定在将来化为非凡的一夜
——我只是陌生地度过,感觉着脸变丑了……
在吾国,"天总以百凶成就一个诗人。"

信,真是你破黑衣服上的一块白补丁吗?
纳博科夫,我知道你和我一样害怕邮局
但终究信鸽传书会教会梦中人恋爱和接吻
会让一个中国诗人的生活天才般地展开——
灯芯绒将幸福地舞蹈。而早在1984年

白头巾在中国是恐惧,在西方是什么?
三十年来(已没有多少三十年了)我常
想起你写给我的所有信件,其中一句令我
一读难忘:我一到德国就遇见一个美丽的
荷兰女医生,她一下就治好了我的胃病。

注释一:"信是凡间的一种欢乐,众神却无法得到。"见《狄金森全集》卷四,蒲隆译,上海译文出版社,2014年,第392页。

注释二:"我们都是寄给上帝的信。"见纳博科夫《致薇拉》,人民文学出版社,2017年3月,第127页。

注释三:"信,真是你破黑衣服上的一块白补丁吗?"出自纳博科夫1924年1月10日写给薇拉的信。出处同上,第52页。

注释四:我一直是有些害怕邮局的。为什么说纳博科夫和我一样害怕邮局呢?是因为读到纳博科夫1924年1月24日写给薇拉的信中说的一句话:"……但我从哪儿去弄邮票?——既然我如此害怕邮局!!!"出处同上,第63页。

注释五:此处的"白头巾",暗指我1984年冬天写的一首诗《白头巾》。这是一首鬼气森森的诗,"白头巾"这个标题为张枣所取。专门引来如下:

白头巾

赵家毁家郁达夫

养花葬花林黛玉

——题记

那边有个声音在喊我

眼睛死死地盯着

在深夜,她点起了

两支神秘的香

那边有个声音在喊我
手腕突然被扭曲
在深夜,她拜起了
两支神秘的香

此刻!更待何时!
我俩将创造一个陌生
并属于这个陌生
木石结盟可笑吗?

不会有太多的笑
但我们必须承认
从北碚到烈士墓
有三个夜晚已经死了

  注释六:在张枣写给我的所有德国来信中,有一封最初的信给我留下难忘的印象,让我倍感神奇。他说他到德国不久,遇到了一位荷兰女医生,她一下就治好了长期困扰他的胃病。这一本事,我写入了此诗最后一节。

2015 年 8 月 26 日

镜子诗

镜子诗适合在磁器口小酒馆读
秋夜八点,你边走边和我讨论
那个影子,他已死了三十一年。

八点的地貌会一直局限我们吗?
只要看见门,我们仍然会痛哭
而路无处不有,不分南北东西……

未来世界其实就是这眼前世界
最多是你从没有到达过的某地
人生中途,你要去影响别人吗?

那就给风装上闻一多飞毛腿吧。
这可说是我在德国的一个发现——
通过他者,我反而发明了中国

"危险的事固然美丽"好听吗?
一代又一代,总有人去镜中,
去成为一个后悔人

注释:磁器口是重庆城一个老码头,现在已开辟为一个著名旅游景点。过去,1984 至 1986 年,我和张枣常常散步去那里游玩,而我们散步时谈得最多的当然是诗歌——那个影子,他真的死了三十一年吗?我现在已经想不起来了。"秋夜八点"正是我 1984 年在《春天》里写过的类似神秘的一句:"夜晚八点的地貌会局限你"。张枣见证了我的这句诗,他也很喜欢这句诗的敏感性。曾几何时,我们也就这样被局限在北碚和烈士墓这两个地点。而"给风装上闻一多飞毛腿吧",这里暗示的是张枣对闻一多诗歌的喜爱。顺便我在此也透露一个消息:张枣是在德国写博士论文《现代性的追寻:论1919 年以来的中国新诗》时,才重新发现了闻一多在中国现代诗歌史中的重要地位。

2015 年 10 月 1 日

你和我 （二）

身在长沙心在别处的人，
是你吗？重庆相逢于莱茵，
无限循环于无限的人，也是我……

听，"那土豆里活着的惯性
还会长出小手呢。"

后来，
"生词像鳟鱼领你还乡"——
靴文细腻的万顷风水
专为欢迎你得体的举止。

（猫眼石！
谁相信我在猫眼石里喝酒……

雷克雅未克!
雷克雅未克竟有"镜中")

世界显现于一棵菩提吗?
我们亲爱的张枣
世界也显现于一棵榉树,
一棵椴树、一棵桤木……

世界该如何私下埋名?
如施蛰存之于唐诗百话
如两地江山酒老苏杭——

可我从来不走向他者,
我只走向我。
可我其实无处可逃!
我只在我体内逃我。

注释一:"那土豆里活着的惯性/还会长出小手呢"见张枣诗《哀歌》。

注释二:"生词像鳟鱼领你还乡"见张枣诗《跟茨维塔伊娃的对话(十四行组诗)》。

注释三:"靴文细腻的万顷风水"见苏轼诗《游金山寺》:"微风万顷靴文细,断霞半空鱼尾赤。"

2016 年 8 月 19 日

读书笔记两则之二

这是一封惊人的信!"我是专业酗酒者,每夜十二点后必喝;我有极严重的胃溃疡,它比谁都严重,比谁都疼……在一种表面的幸福青春得意的抒情岁月里保持着一种致命隐秘的痛和对健康华美清澄的怀乡病——我诗里的'正午'……"吾友"你现在多写一个字,就多争得一份永恒"。

注释:所引材料,来自张枣 1994 年 7 月 10 日写给钟鸣的信。

2018 年 2 月 25 日

冷

——张枣与纳博科夫对话

冷。

"椅子坐进了冬天……"

"就当我没说过吧。"

"说椅子也许存在,但东西不在那里,

这就和说东西也许存在,但椅子不存在是一回事。"

椅子怎么找不到了?

那是因为找东西的人自己藏起来了。

移居法国的俄国人最爱问一个问题

——人死后能复生吗?

生与死——欲望和恐惧,哪个跑得更快?

"我猜,一样快。"

冷。

"椅子坐进了冬天……"

"购买真理,即使打折,也吸引不了我。"

注释:张枣写了一首诗《椅子坐进冬天……》。纳博科夫也谈论过这个题目——椅子坐进了冬天。出处一时难于查找,待查。

2018 年 3 月 4 日

日记一则

生活中的诗意需要我们警觉
洗衣有用，扫地有用，练习
激情或不动声色同样也有用
张枣突然拿筷子敲了下桌边
这声响意味着什么？杜青钢
我天天死，秒秒死，你怕不
怕？"再敲，又是一响马蹄"——
那顶着头找头的人难道不知
头一直都在呀！你往哪里找?!

注释：杜青钢，法国文学博士，教授，现为武汉大学外语学院院长。张枣与杜青钢吃饭时用筷子敲桌边的本事，出自杜青钢的谈论。

2018 年 3 月 9 日

三画眉
——给张枣

望空兴叹的《橘颂》
迎来我十岁登临的意志
"嗟尔幼志,有以异兮"
这一刻眉毛多像他
在岳麓山巅……

到达温暖的南方之前,
蝴蝶就会灭亡
更恐怖的事——
"请用眉毛把我绑起来。"
在歌乐山巅……

借口是生活,
回忆即照镜,

在天堂苏州，

　　人生吃菜花甲鱼，

　　鲜得让我眉毛都要掉下来。

　　注释一：第一节，一观便知，是说少年张枣在长沙攀登岳麓山之事。橘子——张枣挚爱的水果——必然出现。接着引来屈原《橘颂》："嗟尔幼志，有以异兮。"眉毛出现！那是少年张枣诗人般的眉毛！

　　注释二：第二节，说张枣青春时节在重庆亡命诗歌之事，那也是幸福之事。故意引用曼德尔施塔姆一句夸张的诗："请用眉毛把我绑起来。"

　　注释三：第三节，我又回想起了2008年春在苏州见到张枣的情景，他当时已在苏州买了房子，准备在太湖之滨潜心写作……

2019 年 3 月 29 日

一　下

——和杨黎《远诗》并兼及张枣

随口一说在汕头
亲爱的张枣,三千年来
"哪个诗人不曾与他的苍蝇说过话呢?"
如今云里没有父亲只有在线幽灵
我们说一支风,从不说一阵风……

"大儿庾信,小儿徐陵。"
我们曾在哪一本书里读过?
从成都到重庆,从远人到远诗
出去看一下,有时真的就只是
那"一下"。不信你问杨黎

人不做作如何成为一个诗人?
因此不需要人人都懂得

灯芯绒幸福的舞蹈是最高级的表演。
所以"他在很老的年纪依然绽放"
纵使桃花扇下没飞地、有糖尿。

注释一：这首诗和杨黎并兼及张枣，是有些意思的。一来他们两人是彼此认识的朋友，二来他们年轻时人生命运的展开也颇有交集和缘分。有关这缘分我在《"我总是凝望云天"》一文中简说过，在此就不多说了，八卦多说不宜。另外，杨黎诗歌《远诗》处理时间（瞬间）非常机智，全诗很短，特别引来如下：

我想了一下

然后停了一下

才又想起

他们说的某一下

那些一下

和一下之间

我等着

重新开始的一下

并在一下后

出去看了一下

注释二:"哪个诗人不曾与他的苍蝇说过话呢?"此句出自卡内蒂的书《人的疆域:卡内蒂笔记1942—1985》,广西师范大学出版社,2020年,第693页。同时,这句话说的也是张枣写的一首名诗《苍蝇》这件事。这世上有多少诗人和苍蝇说过话?那就太多了,早从《诗经》就有了,如《齐风·鸡鸣》《小雅·青蝇》;唐诗宋词里也很多,恕不枚举了。读者如果还想读到更多苍蝇诗,可参见我的一首诗《1958年的小说》,此诗注释二有关于古今中外苍蝇诗的大量谈论。

注释三:"如今云里没有父亲只有在线幽灵"前半句出自张枣晚期名诗《云》:"儿子,别说云里有个父亲……"。

注释四:"人不做作如何成为一个诗人?"这个道理很少人懂得。大家都以为成为诗人的首要条件是"真诚"。错矣!成为诗人的首要条件是"做作"。

注释五:"灯芯绒幸福的舞蹈",张枣写于1986年初夏的一首名诗的题目。

注释六:"飞地",一本诗歌刊物的名字。"糖尿",指糖尿病。

2020年8月31日

论诗人
——兼赠张枣

燕子立秋千,不知春事改。
我想起了那个生前常带一枚
苦瓜旅行的香港诗人,唉,
他虽没有福乐却过了生活。

当我读到"把忧伤的斧头
放在桌子上",我就又想到
另一个诗人,顾城;想到
新西兰的风,鸡的目录学……

在葡萄牙,贤妻就是远离
白日,亲近夜晚呀。"我的
自由是多么怪异。"我发现
我竟然成了一个下午诗人。

而明天客儿将转世为工兵，
返回长春围城战地的清晨；
明天他率先在六岁时惊醒！
新阳改故阴于杭州莲花街。

而昨天歌德对雨果说："应该
少写多做。"昨天张枣说：
很奇怪，我怎么可能写得少
我天天都在写，我忙得很。

注释一：燕子立秋千，不知春事改。从吴文英一句诗化出，原句为："燕子不知春事改，时立秋千。"
注释二："客儿"，谢灵运的小名。
注释三："新阳改故阴"出自谢灵运《登池上楼》。
注释四：张枣说的话见《张枣谈诗》，即黄灿然对张枣做的访谈录。

2020 年 12 月 28 日

致一位正午诗人

是的,哪怕以最柔和之力
你也得使出全部的力呀
吾友,你还那么执着于正午吗?
是的,艾米莉·狄金森——
"这不是黑夜,因为所有的钟
都为了正午,而响起。"

何谓死气使他有了生气?
回光返照的生气也是死气
何谓死人改变了活人?
死人以一种不可逆的宿命
校正了活人的人生观——
活着即过着活死人的生活

那人已不是二十岁的人了,
马上相逢无纸笔,他是谁?
那人也不是八十岁的人了,
一弦一柱思华年,他是谁?
我说他是他的一个陌生人
我说他是他的一个隐形人

注释:还需说吗?熟悉的读者一看便知,"正午诗人"说的又是张枣。那可是一句张枣的口头禅——"我是一个正午诗人"。

2021 年 5 月 23 日

你，还是人人

"尸体看起来像是什么人
遗留下来的一套衣装。"
这说的是谁？你，还是人人

人人最终都只是他自己
为什么唯有你，一个诗人
从一开始就成为了人人

顺便问一句：罗城门楼尸体多
那个高丽人还要来看相？
那个老太婆还要来拔长发？

回到三十七年前，吾友
"你看见什么东西正在消逝

我就告诉你,你是哪一个"

注释:结尾两句出自张枣名诗《何人斯》最后两句。

2021 年 7 月 17 日

1984 年春夜的故事

不过,请放心,
我看着灯火通明的房子
一幢幢从身旁经过
我向它们一一道别
夜晚的画面使我兴奋
而我终究是平静的

某个人的血在返回。记得吗
你一看见门就哭泣
夜晚八点的地貌会局限你
别的指尖也挑起你?
事件在你腋下
变成不可触摸的潮湿

春夜的故事已经够多了

继续讲述还会令人兴奋吗?

热恋者并非总是对的

取而代之者也是一种责任——

让我们回到1984

待成功了一半再开始

注释一:本诗第二节,如前所述,特别写了我和张枣1984年春相识不久后,一起读诗写诗的情形,这是一些我们才知道的暗语,其中有我们的紧张、焦虑以及忘我的专注力……

注释二:我们还能够回到1984年吗?还能够不成名重新开始写诗吗?是的,一切都回不去了,"一种可怕的美已经诞生"?

2021 年 8 月 6 日

致德国

——兼怀张枣

世上所有河流中有一条叫莱茵
它的意思就是水的奔流——
我的幸与不幸当然与之无关
但有个中国诗人是送给它的礼物

德国,我从哪里获悉,我忘了
纵便你总会出现一个不祥的怪人
你那追溯的技艺不亚于诗的技艺
你那搏杀的激情不亚于爱的激情

1997,席勒还和斯图加特有关吗?
还乡从此成了一个世界性主题吗?
其他德国诗人们又会怎么看?
"亲爱的河流,岸边的白杨"——

不必抱歉,那来自马来西亚的
土木工程师看了一场脱衣舞表演

注释一:诗中第一节最后一句说的是张枣。这句话来自德国汉学家顾彬教授:"像张枣这样精通中西语言艺术的人,简直就是上帝送给我们德国的一个礼物。"(见《凤凰文化·洞见》,第133期)

注释二:"亲爱的河流,岸边的白杨"见林克翻译的荷尔德林诗歌《还乡》。

2021年8月19日

名　字

世上怎么会有名字呢
如果一个人没有名字
一个孩童在公园里说
"三姑婆就没有名字"

为什么千万不要解释
一个名字？因为对我
来说，这比谋杀还可怕
不信，你去问卡内蒂

像无数人呼吸的声音
像无数人说话的声音
像无数人沉默的声音
你的名字也是个声音

长途电话已通知了你
当你走进这一座城市
重庆,你的名字就从
另一座城市长沙逃离

注释:这首诗是我对1985年写的一首同名诗《名字》的重写。这首诗最有趣的地方是,张枣当时帮我改写了四句诗,抄录如下:

你的名字是一个声音
像无数人呼吸的声音
当你走进这一座城市
你的名字正从另一座城市逃离

2021 年 8 月 21 日

信

不到牛渚,何来空忆
"今夜在中国,让我来追念一个人"

1923 年 12 月 30 日
我在他的情书里发现了一张松木桌子

诗人,还要等多少年……
那株松木梯子才会出现在镜中

(多少金钱多少信!
但一块钱就是一块钱)

了不起的城市,
公共汽车上要么提供最新阅读的杂志

要么提供吐痰的垃圾桶

重庆,还是德国
有一种爱叫错爱
有一种杀叫看杀

注释一:1923 年 12 月 30 日,纳博科夫在布拉格写了一封信,给住在柏林的薇拉;在这封热恋的情书中,我发现了"一张松木桌子"(纳博科夫:《致薇拉》,人民文学出版社,2017 年,第 44 页)。

注释二:我的联想立即展开……从"一张松木桌子",我想到了张枣《镜中》那株美丽的松木梯子。

2021 年 10 月 2 日

生活与邮局

生活里走来走去的人,夜不收的人
等待邮件的人……不老的西比尔
你还会传来什么生老病死的口信

站着的老人因怀念过去穿上大衣
躺着的青年总在阅读中碰到问题
我想到化学分子式,爱情童第周

这是顾城玩的什么纸条游戏吗?
顾城,你刚才说什么?我听见了:
"我有一个鸽子同学,在邮局……"

遗憾,因波浪起源于众神的犹疑
而我又注定忘了在《惋惜》里说:
邮局的波浪起源于爱神的乳房……

没什么遗憾,钢琴家出自于小商人
家庭,在中国是一个谜。大诗人
出生于邮局,在中国是另一个谜

一千年后,谁还关心你我的书
你我的通信,你我的人生。没了?
但离去为了来到,告别为了重逢

注释一:从诗歌题目可见邮局与张枣联系多么紧密。有关张枣与邮局的关系,我在前面一首诗《忆重庆》里已有了暗示,并且在该诗注释四中又明确指出了这个暗示,即张枣的母亲在邮局工作。另外,我在这本书中也反复说到张枣一生酷爱写信。这首诗的最后两节就直接点明了这首诗的主题(该主题与张枣息息相关):生活中的邮局和书信。

注释二:西比尔(Sibyl),古罗马女预言家。

注释三:童第周(1902—1979),生物学家、教育家、社会活动家。

注释四:顾城说的这句诗见顾城的诗《最后的鹰》。

注释五:《惋惜》是我写于2015年1月12日,后改定于2020年6月10日的一首诗。为了方便读者和研究者,现将《惋惜》这首诗照录如下:

惋 惜

日落时分,光线好奇
在格子纤维桌布上发出闪光。
小纸箱里什么东西不见了?
一本解剖学书籍,
两颗彩色玻璃珠子……
　　——引子

这一世的一夜,
便胜却人间无数。
　　——题记

一阵风,他从嘉陵江桥头归来
"夜行驿车"刚驶入上清寺邮局
(诗神会饶恕您吗?安徒生,
二十年后,我会回答这个问题)

真巧,迎面有一个小脚手架子
有一格木头窗户透出的强光!
那少年一跃而上,看到了什么?
水泥地面真灿烂得白又亮呀

从未发现的浴室凭空诞生了!
(只为今夜,第二天它将消失)
流水哗哗不停,香皂的气味不停……
孤独女巨人裸体来自北京……

四十九年后地理作废,她在哪里?
那医生之子每逢酒后就千呼万唤……
如今他会听懂我这句偷来之诗:
五十九岁的我为十岁的我惋惜。

注:"五十九岁的我为十岁的我惋惜。"此句改写自[法]耶麦(Francis Jammes)著,刘楠祺译《春花的葬礼》,《悲歌》(四)中的一句:"二十九岁的我为十七岁的我惋惜"(上海文艺出版社,2014年,第313页)。

为什么我会念念不忘此事,会在五十九岁时为十岁时没看到的这一幕惋惜?那是因为医生之子对我讲述的这一幕太刺激了,我们甚至相约第二天共同去观看,但神秘的事发生了,第二天,那个浴室消失了,我们无论如何也找不到它了。

注释六:"波浪起源于众神的犹疑"是波兰诗人Tomasz Rozycki(1970—)的诗句。

2021 年 11 月 30 日

少年张枣

哪有少年张枣
曾经长沙般云天的信仰
哪有橘子一枚
跳起里尔克的光芒舞蹈

东西诗眼看重庆的冬天
人，总是活泼泼的……
后来，谁又冲天一唳——
在德国，我们听到了

闻一多的爱国声：
"突然青天里一个霹雳
爆一声：
咱们的中国！"

注释一："长沙般云天的信仰"和"橘子"，前者是张枣年轻的形象，后者属于张枣的专有意象。由于张枣在与我交往的过程中常常提及橘子（他的诗中当然也写到橘子），这促使我意识到：中国水果中，橘子真是最具中西诗性的。伟大的楚国诗人屈原要作《橘颂》，里尔克也要在诗中书写光芒舞蹈的橘子。为此，最后顺便再说一次，这也是我将此书命名为"橘颂"的原因。

注释二：据我所知，张枣是在去了德国之后，才认识到闻一多诗歌的重要性的。那时，张枣最爱在谈话中引用闻一多的这几句诗："突然青天里一个霹雳/爆一声：/咱们的中国！"张枣身上闻一多式的爱国精神早已被张枣的父亲看得很清楚，后来我也认识到了这一点。

2022 年 2 月 4 日

附录 张枣书信及佚诗

"一封信总给我一种永生似的感觉。因为它是没有有形朋友时的孤独的心。"(艾米莉·狄金森:《狄金森全集》卷四,蒲隆译,上海译文出版社,2014年,第237页)

我与张枣通信的时间是从1984年3月(他当时还在重庆四川外语学院读研究生)直到1997年左右,后来就多用电话或e-mail联系了。之前收到的书信当然不止这八封,我检查了一下,现存的书信还有十多件。另有些信件在我迁徙和搬家的过程中遗失了,其中最可惜的是一封很长的专门谈诗的英文信,我常想起这封遗失的信,希望它哪一天能够重新现身,就像我一直找不到的某本书,某一天突然就找到了一样。

如前面几次三番所说,张枣是里尔克式的书信艺术家、书信大师。同时,他们两人也是超一流的"写信狂",里尔克的书信成千上万,德国的出版社至今都还在陆续整理出版当中。张枣写的信虽然没有成千上万,但上千封是少不了的,而要收集、整理、出版这上千封信,同样会是困难繁复的一件事情。

另外一件小事在这里顺便说一下,张枣来信,称呼都为"亲爱的柏桦",按西人格式,并无什么特别,如还原成汉语语境,就是"柏桦兄"的意思。可有些人(其中甚至还有自称为张枣朋友的人)对此称呼("亲爱的")要么扭捏作态、自作多情，要么装出一副大惊小怪的样子，甚是可悲可笑。想到此节，以下信件称呼中的"亲爱的"免去，以更符合中文语境。

柏桦

第一封信

柏桦：

我宣告我是独一无二发现了东方艺术最绝密根源的人。这种发现确切无疑：源自我在大陆二十三年被中医家庭影响的潜意识生活和西方晴朗的肃穆的推理。今天下午在法兰克福风雪交加的一个住宅里。我茅塞顿开，豁然明亮，因为我在读一部最富于启示的书《叶芝自传》，接着我午休，一连串的幻象把那个最伟大的启示轻而易举地赐给我——我，一个命中注定要接收到的人。

……

我将在四年后，即1991年10月中秋的一个上午（届时穆如清风），带着大笔钱财和精美的书册以及另一种生活用品，只身回到祖国，祈望迎接。

德文我现已流转自如了，我巨爱里尔克的散文和书信。……读鲁迅著作！我一定会归国！序幕仍未揭开！中国艺术可能伟大，可能不，全在于我和另两个身在大陆的人。

张枣
1987年1月7日

说明：

我已说了张枣给我的来信不止这八封，只选了这八封，是因为这八封所谈私事较少。为什么这八封信只发表了片段，是因为其他内容涉及了私事，不好公布，也没有必要公布。

从信中可见，张枣去西德（当时德国还未统一）不久，刚好半年，他意气风发的东方精神与西方"晴朗的肃穆的推理"正好匹配如意。叶芝——张枣在重庆，四川外语学院读研究生时所至爱的诗人，又在西德重逢，正如他自己所说，他将命中注定受到叶芝神秘"幻象"的启示。接着，真是"江东子弟多才俊，卷土重来未可知"，张枣想象了他四年后青春作伴好还乡的画面——一个中西合璧光华照人的青年诗人形象将向我们走来。

他在如此短的时间内就能流利运用德语并发现了里尔克

的书信之美，这只能说是一个奇迹，须知他是1986年7月才动身去德国的。顺便再说一句，里尔克是一位写信的大师，一生酷爱写信，所写的书信成千上万，至今，德国出版界都还在整理、编辑、出版他那绵绵不绝的书信。

第二封信

柏桦：

……

我跟你讲一个故事：有一天，两只青蛙跳进了一桶牛油里面，一只青蛙见跳了半天出不来就绝望了，结果不久就被淹死了。另一只有因地制宜的个性，它想反正如此，不如乱蹦乱跳乱旋转，结果由于绝望的运动，牛油加热，变成了软质的奶酪，它就因之跳了出来。

现在我赠给你一句寓言：

你现在是只青蛙，
理应想青蛙的办法。

你邮来的六首诗进步显著，颇有建树，其中多处用词遣句大胆包天，令我十分震惊……但我想一个大师可以不尽然过危险的生活同样可以写作危险的篇什,你一定会同意的吧。你现在又面临这个挑战了。最可喜的是这些作品都造出了一种音乐,好像本来是一首首曲子,现在不得不把它们说成话来了一样。这是对一个诗人最难得最难得的。可怜的叶芝快到四十岁才最后做到。《在清朝》作为诗艺,诸美俱臻;作为思想,亦尽了力。《痛》和《望气的人》十分警丽;《牺牲品》写得顶呱呱的,令人痛快,还有它发展的讽刺调格也是十分正道和内行。我以为这些诗中还有更难确定的重要的好品质,待我慢慢吟诵后再多谈。

我也呼吁世界注意我近期几首诗。特别是《虹》。《虹》的方向可能会预示东方文化的正道和其至少是局部的胜利。我以为我上次邮的诗都不算太好,眼下正在恢复。我认为我要过上一段时间才能参与新世界是十分正常的。看来我总算没辜负自己的一番苦心。好难啊,回想自己走过的这九个月!想起来不寒而栗,真想痛哭一场呢!想想看,在大陆我是一块烧得通红炽烈的铁,一下子被投进了凉水之中!

我现在威茨堡做客座博士……我整天读闲书,散步,思索人生和哲学,怀念故国和朋友。德文,我两个月后就学会了他们的话,现在运用自如了。五月份我除了看闲书写作外,在听一些哲学文学之类的课(无责任)齐头补习俄语、法语、西班牙语(每周各为两小时),在这儿学语言真是不费吹灰之力!
……

张枣

1987 年 5 月 1 日

说明:

仿佛又回到了我们在重庆"何时一樽酒,重与细论文"的岁月。但欧洲式的寂寞已开始侵蚀张枣的身体,他感到了不适,而外语学习又使他长了精神。

第三封信

柏桦：

……

东方诗人表达聪慧、明智、愉快的内心生活和体现我们对文字工作和精神境界的偏爱和禀赋，老子、陶渊明、毛泽东正是顺应了这种倾向的圣人。诗人的事业是从三十岁才开始的（按：当时他写这些话给我时只有二十五岁）。诗的中心技巧是情景交融，我们在十五岁初次听到这句训言，二十岁开始触动，二十至二十五岁因寻找伴侣而知合情，二十五至三十岁因布置环境而懂得"景"，幸运的人到了三十岁才开始把两者结合。中国人由于性压抑，所有人只向往青春期的荣耀，而仅有几个人想到老年的，孔子、老子……因而成了例外。

说明：

此信张枣未写下日期，但从来信开头看，应是写于1987年4月或5月。这封信现在读来同样令人难以置信。一个成熟的诗人形象立即出现在我们的眼前。须知，写这封信时，他才二十四岁，多么年轻有为又沉着老练！

第四封信

柏桦：

　　……

　　我认为一个大艺术家的终生成就系于三个词"胆，才，幸运"……有了胆就等于毛泽东说有了人一样，什么都好办了……至少，艺术中的客观性与抒情性可能是同样正确、同样重要，更可能的就是它们应被理解为同一双鞋呢。因为我到了西方，才逐渐理解到普拉斯的艺术，普拉斯的艺术至少同但丁和波德莱尔一样伟大，一样客观。为什么？很简单，因为我们千万不要忘记诗是艺术，艺术就是抒情，而抒情就是极端（哭、笑、哀、悼、痛、相思、分别、斗争等），如果抒情就是极端，那就不妨把客观理解为"中庸"。说到这儿，我真是有一些惆怅呢：两个大品质很难从中加以取舍。我想来想去，可能最好的办法是换一个表述之角度。可以这么说：最好的艺术是最极端的抒情，而最最最极端的抒情其实就是最最最最全面的"中庸"(比如普拉斯极端地表现了"女人","女人与男人"这个原型)。你说对吗,亲爱的朋友?……

你知道吗,我现在发现了人类艺术的一个秘密,所有艺术都是被发现的而绝非是被创造的。人说自己去创作,其实是一个多大的谬误呀!艺术跟数学一模一样,大千世界早早就有着了一个唯一正确的等数。你知道吗,艺术的发生是不可避免也就是必然的,……大艺术家是必然的……歌德不写"浮士德",一定会有另一个人来写的,总之"浮士德"先于歌德,是他发现了"浮士德"。艺术的社会价值在于艺术本身的合理性。推论起来,我愈加相信,一首诗是一个前后相连、缺一不可的整体,它在技术检验上表现为这个位置的合适。诗是一个大字,如发现不友善,就表现为一个错别字。比如现代海内许多青年人的诗通篇都是"诗的错别字"。你说对不对,我自己对这个发现颇为动容呢,想着手写一篇论文。

……

住的宿舍设备齐全,朴素清洁,学院在郊区(威茨堡,一古老清幽之小城),面山临水,风景宜人,颇有湖南师大那种风味。我的房子在一小山丘上,对面也是一个小山丘,黄昏除不上课外,常常背书和散步,至对面小丘,沿一花木丛生的幽径下到山谷,然后向右走到梅尔河,逗留少许,沿一小狭石径(古老清洁令人遐想!)再上我这边山丘,徐回居室。诗歌多天未发生了,心急如焚,其实艺术家天天在过关,绝不能奢望哪天轻身下来。我目前最艰难的就要算不好设想听众,没听众,就会心力不足。我不是幽灵,他人就定是幽灵。给我一定的时间吧!

余言不尽。

1987 年 5 月 12 日

说明:

还需说吗,谈诗论道依然不在话下,读者从中可见张枣年轻时诗人学者的风采。我将他的这种诗人风采写入了一首诗里,见前《张枣从德国威茨堡来信》。

第五封信

柏桦：

……

在任何场所，任何人群之间，我都感到万分的悲观；你要是现在望着我的眼睛，你就一定会认出，那是真正懂事的悲观。甚至马拉美在面临法兰西民族的时候，都会痛心地说："大众给我提供得太少了。"

……

我已经用了这一年多的时间，以牺牲了许多不必要的诗歌为代价，正逐渐赢得一些难能可贵的品质。我学习着忍受苦难和孤独，我学习着忠诚、爱和同情，我像一个好孩子一样认真地学着；多么美妙的品德啊，我多想学会这一切。我知道你一定不会笑我说出这些话时这些笨拙的方式的。

……

张枣

1987 年 11 月 5 日

于北京

说明:

张枣去国一年零四个月后,刚回到北京,就写了这封信给我。从信中可知他悲欣交集的心情。面对此信,我当时(也包括现在)无多话可说。

第六封信

柏桦：

　　……

　　中国文人有一个大缺点，就是爱把写作与个人幸福连在一起，因此要么就去投机取巧，要么就碰得头破血流，这是十分原始的心理，谁相信人间有什么幸福可言，谁就是原始人。痛苦和不幸是我们的常调，幸福才是十分偶然的事情，什么时候把痛苦当成家常便饭，当成睡眠、起居一类东西，那么一个人就算有福了。

　　……

张枣

1988 年 7 月 27 日

于西德特里尔

说明:

我以前说过,张枣年轻时留给我最深的印象是,对于诗歌,他无丝毫功利心,他只是纯粹地热爱写诗。他对生与死有特别的敏感和颖悟,犹如我在前文所说,他曾在一个秋夜拍打川外校园的树叶,感叹生命的流逝。真的,好像他天生就知道痛苦和不幸是人生的常调。

第七封信

柏桦近好：

……

不过，我们应该坚强，世界上再没有比坚强这个品质更可贵的东西了！有一天我看到一个庞德的纪念片（电影），他说："我发誓，一辈子也不写一句感伤的诗！"我听了热泪盈眶。抄一首我的近作给你，盼你共欢：

哀 歌

浴盆里我发现一根
谁的落发。粘伏在
灯光规定的边缘
像它修长、失传的主人，准备

过冬。祭奠哪一个夜？
我来回踱动，想把你
捧进我冲动的掌中
灯下的一切恍若来世

或许用水冲掉。焦灼的
急流徒然喷射。或许哪天
它又会从内部脱谢
或许哪天世界会改变。

张枣
1991年3月25日

说明：

会改变吗？张枣在诗之末尾发出了探询与祈求，那一年的前后，张枣开始掉头发，并渐渐发胖。这是张枣在1991年3月25日写给我的一封信。收件人的地址是：210014，南京农业大学外语教研室。寄件人的落款是：100025，北京纺科院，德国张托。

在这封信中，我欣喜而惊讶地发现了张枣一首未发表的诗，这首诗竟然在颜炼军博士编选《张枣的诗》（人民文学出版社，2010年）时，因我的疏忽而被遗漏了，这个遗憾得立刻补上。

第八封信

柏桦近好：

很高兴收到了你的来信。分别三年来，我一直在特里尔，过着几乎是与世隔绝的生活。开先是读一些闲书（主要是哲学），学一些欧洲的语言，零星写了一些东西，这一段时间忽然还是决定做一篇好的博士论文，以便应付今后的生计。现在天天就盘算着论文，希望今年年底初稿能够基本出来。

你近来尤其是到南京后的生活，我了解得比较少，因为我给其他朋友通讯也是马马虎虎的。不过我想你各方面的变化可能不大，一个真正的诗人是很难有变化的。

……相信我，没有什么能比祖国好。尤其是你又生活在江南这个神秘的地方，你今后一定能从精神境界上升华这里的山川人物的。我读到了你在《上海文学》上发表的描绘江南的作品，我认为你思考得不够，神话得不够。诗是思考着的神话,你同意这个观点吗?

……

张枣

1991 年 5 月 22 日

说明:

我 1988 年夏末去了南京。来信中这一句话令我印象极其深刻:"不过我想你各方面的变化可能不大,一个真正的诗人是很难有变化的。"记得我当时一读到这句不禁想到,岂止是一个诗人很难变化,任何人都很难变化。说人的命运是性格决定的,还不如说人的命运是基因决定的。人既然已被遗传基因所决定了,又怎么可能变化。每个人其实都是一成不变的,这正是江山易改本性难移也。

至于谈到我发表在《上海文学》上的几首写江南的诗,的确如张枣所说写得不好。"神话得不够,诗是思考着的神话"——仅此一句,就一针见血地指出了我那几首诗歌中的缺点。

另外我还想到 2007 年 7 月 12 日他从德国给我写的一封英文电子邮件,谈到我的《水绘仙侣——1642—1651:冒辟疆与董小宛》,说得同样到位准确。原信抄来如下:

Dear Baihua, I looked through your new text and find it very enjoyable. It reads good, the poetical part a bit weak. I will get back with details when I am back in China. ZZ.

他认为这个新文本有趣可读,但诗的部分有点弱,并约回国后详谈。

橘子的气味

1

一只剥开的橘子：弥漫的
气味，周游世界的叮当声。
姑息者在理顺一封激烈的信。
你仍在熟眠。你梦见一位
从前的老师，他脱下手套
嘀咕着，你一定要试一试。

2

别人的余温。枪栓的回声。
紊乱之绿，影子移向按钮，
巴基斯坦将隆起政变的肌肉。
更多的迹象显露：石头

出汗,咖喱粉耗费太多,
太阳像只煎蛋落魄在油锅。

3

而且,那一切不可见的,
一个异地的全部沉默与羁绊,
都会从临窗眺望者的衬衣

显露出来,我们,忧郁的伞兵
裸降在夜台北的网球场,
寻找便装,脸上毫无骄傲。

4

你梦见你仍在考试,而洪水
漫过了你的腰际。黑板上
重重地写着考题"甜"字。
你的刘海凝注眉前,
橘子的气味弥漫着聪慧——

5

你想呀,想:对,一定是

那种元素的甜,思乡的甜。

浊浪滔天,冲锋舟从枝头
摘下儿童,你差点尖叫起来,

如果你不是名叫细心者,
如果没有另一个你,在

纽约密楼顶的一间健身房里。

6

答卷上你写道:我的手有时
待在我内裤里的妙处,
　　　　　　　有时
我十指凌空,摆出兰花手,
相信我:我是靠偷偷修补天上的
竖琴
　　而活下来的……

1999 年

说明：

据颜炼军说："张枣写的这首诗《橘子的气味》，刊发于《今天》杂志2000年第1期，迄今没收入过目前所见的任何张枣诗集。不久前笔者整理资料时，无意中发现该诗的一个片段。当即托师友四处寻找这期《今天》杂志，最终看到了该诗全貌。"

仍据颜炼军所说：由于张枣乃湘楚人氏（张枣2004年写过一首诗就叫《湘君》，直接取自《九歌》，可谓新诗人中的胆大者），我们也可以把张枣对橘子的迷恋，理解为一种对故土的思念（"橘子洲头"曾出现在张枣《父亲》一诗里），一种对湘楚古典诗歌的接应。屈原有一首《橘颂》，张枣也非常喜欢，我听过他用长沙话背诵。屈原在此曾写了南国之橘的漂亮："绿叶素荣，纷其可喜兮。曾枝剡棘，圆果抟兮。青黄杂糅，文章烂兮。精色内白，类任道兮。"马子端尝云："《楚辞》悲感激迫，独《橘颂》一篇，温厚委屈。"（谢榛、王夫之：《四溟诗话·姜斋诗话》，人民文学出版社，1961年，第60页）张枣写橘橙之温厚细致，颇似屈原。橘树是楚地常见之物，屈原的细致描写，肯定有亲身体验，而非后世所理解的简单人格比附。司马迁在《史记·货殖列传》中就曾记述："蜀、汉、江陵千树橘，与千户侯等"，足见古时橘子树遍及南方，带来甜美和富庶。南朝梁代刘孝标《送橘启》亦写过南中之橙的甜美:"南中橙甘,青鸟所食。始霜之旦,采之风味照座,劈之香雾噢人。皮薄而味珍,脉不粘肤,食不留滓。甘逾萍实,冷亚冰壶。可以熏神,可以芼鲜,可以渍蜜。毡乡之果,宁有此邪?"(罗国威:《刘孝标集校注》,学苑出版社,2006年,第11页)刘孝标笔下的橘橙,可谓"思乡果",虽然张枣未必注意过刘孝标此文,但"采之风味照座,劈之香雾噢人",大可以帮助我们理解张枣诗里出现的"橘子的气味"和"思乡之甜"。(见颜炼军文章《在"现实"里寻找诗的"便装"——张枣佚诗〈橘子的气味〉细读》,发表于《新诗评论》2019年总第23辑,北京大学出版社,2019年12月)

后　记

　　读完此书，我在想，想必读者也在想，张枣为什么这么喜欢橘子这种水果，或这个意象？在书中，我回忆了张枣第一次在重庆的公交车上对我说起橘子的情形，那是1987年一个冬天的中午，他非常认真地描述橘子的样子以及橘子的命运。后来在他的诗歌中，我也常常见到他写的橘子。在我编辑完这本书稿时，我又欣见了颜炼军博士发现的张枣的一首轶诗《橘子的气味》。而之前，我已经将此书定名为《橘颂——致张枣》。世间事真是神秘，两千多年前的楚国诗人屈原写《橘颂》，也是因为他喜欢橘子吗？而当今的诗人张枣同样是那样喜欢橘子，写出《橘子的气味》。两人的心无论相隔多么悠远，却在橘子这一点上相通了。

　　在张枣众多谈论橘子的吉光片羽中，我最喜欢他在《哀歌》里的谈论：

另一封信打开

是空的,是空的

……

另一封信打开

你熟睡如橘

2022 年 1 月